Ralf Kramp

Kurz und kopflos

Kriminelle Kurzgeschichten

KBV

Originalausgabe

www.kbv-verlag.de
E-Mail: info@kbv-verlag.de
Telefon: 0 65 93 - 998 96-0
Umschlagillustration: Ralf Kramp
Druck: CPI books, Ebner & Spiegel GmbH, Ulm
Printed in Germany
ISBN 978-3-95441-483-3

Für meine Mama,
die immer weiß, wer gerade gestorben ist.

Und für meinen Papa,
der mir die ersten Witze erzählt hat.

Inhalt

Backe, backe Kuchen, der Mörder hat gerufen!

Wer will seinen Opa backen,
Muss ihn in den Ofen packen.
Eier und Schmalz,
Strick um den Hals,
Weg ist die Luft,
Lockt ein feiner Kuchenduft.

Wer will seine Tante backen,
Muss sie erst in Stücke hacken.
Zucker und Ei,
Gift in den Brei,
Röchelt sie noch,
Schieb sie in das Ofenloch!

Wer will seinen Schwager backen,
Nimmt die Säge mit den Zacken.
Löffel und Topf,
Kugel im Kopf,
Säg ihn schön klein,
Knusprig wird der Schwager sein!

Wer will den Direktor backen,
Lässt ihn unter Wasser sacken.
Butter und Milch,
Rein mit dem Knilch,
Schwemmt er schön auf,
Fertig ist der Chef-Auflauf!

Ausgelöffelt

Jetzt blieb es endlich abends schon wieder deutlich länger hell, und die Temperaturen stiegen. Der Frühling befand sich bereits in spürbarer Nähe. Im Gasthaus »Zur alten Post« hatte Lotte ihren beiden späten Gästen Juppes und Päul mit bedeutungsvoller Geste eine Schüssel Suppe mitten auf den Kneipentisch gestellt. Das Lokal war ansonsten leer, denn Lotte schloss ihre Kneipe am Sonntagabend früher.

Mit einem hörbaren Unterton der Enttäuschung zog Juppes die Schöpfkelle durch die klare Flüssigkeit in der Terrine.

»Wat? Nur Suppe? Nix zu kauen?«

Lotte verschränkte die Arme und nickte entschlossen. »Am Abend soll man gar nicht so viel essen.«

»Och Liebchen«, maulte der alte Päul, »dat is ja alles schön un gut mit deinen dauernden Diäten, aber warum müssen wir denn jetzt auf einmal da mitmachen?«

»Kann ich dir sagen. Guckt euch doch mal eure Bäuche an.«

»Dat sin keine Bäuche«, erwiderte Päul. »Dat nennt man Feinkostgewölbe.«

»Außerdem kommt bald die Sommerzeit. Da wird die Waage zehn Kilo zurückgedreht«, murmelte Juppes und schöpfte sich Suppe auf den Teller. »Da sin ja nicht mal Buchstabennüdelchen drin.«

»Un kein Eierstich.«

Seufzend stellte Lotte noch ein Körbchen mit drei Scheiben Graubrot auf den Tisch. »So, dat muss aber reichen. Bei mir gibt es jetzt mal drei Wochen nur Suppe. Tut euch gut, Jungens.«

»Aber ich passe doch noch in meine Pantoffeln vom letzten Jahr. Außerdem hab ich nicht zugenommen. Ich hab mich nur ... auseinandergelebt.«

Aber Lotte blieb eisern. »Nää, nää, Suppe oder gar nix.«

Seufzend fügte sich Päul in sein Schicksal und begann schlürfend die Brühe zu löffeln.

»Bei Suppe«, hob Juppes an, »muss ich immer an die alte Thekla aus der Bahnstraße denken. Die hat auch immer nur Suppe gegessen und ist damit neunundachtzig geworden. Und die wär auch noch neunzig geworden oder sogar hundert, so ein zähes Luder war die.«

Päul rieb sich mit dem Handrücken über die Lippen. »Och weißte, hundert will ich gar nicht werden.«

»Haste sowieso keinen Einfluss drauf«, sagte Lotte und knibbelte an der Kruste des Graubrots herum. »Wenn et so weit is, isset so weit. Mein Vetter Achim is mit fünfundvierzig gestorben, weil ihm der Bofrost-Wagen über den Finger gefahren ist.«

Juppes stutzte. »Über den Finger?«

»Ja, aber man muss dazu sagen, dass der da gerade in der Nase gebohrt hat.«

Päul bröckelte sein Brot in die Suppe. »Schön sanft muss es auf jeden Fall sein, so wie mein Onkel Raimund, der Busfahrer, vor fünfzehn Jahren. Ganz still und ruhig einschlafen. Nicht so wie seine achtzehn Fahrgäste hinten drin.«

»Jedenfalls war die Thekla ein kerngesundes altes Biest«, fuhr Juppes fort. »Die hätte noch ewig weitergelebt, wenn da nicht eines Tages das mit ihrem Engelbert passiert wäre.«

»Der Engelbert?«, fragte Lotte. »Der ist doch auch steinalt geworden.«

»Auch so um die neunzig. Der hatte ja auch den ruhigsten Job aller Zeiten. Der war ja kein Fallschirmspringer oder Hochseilakrobat, der hat ja in der Stadtverwaltung gesessen.«

Päul musste plötzlich lachen und verschluckte sich dabei. »Wisst ihr, wohin Bombenentschärfer gehen, wenn sie sterben?«

Die beiden anderen schüttelten den Kopf.

»In alle vier Himmelsrichtungen.«

Juppes nahm sich noch einmal Suppe und hielt Lotte dann vorwurfsvoll das leere Brotkörbchen vor die Nase. Mit einem Kopfschütteln ging sie in die Küche und füllte nach. Jetzt waren es nur noch zwei Scheiben Knäckebrot, die sie auf den Tisch stellte.

Juppes fuhr mit seiner Erzählung fort: »Der war also sein ganzes Leben lang jeder Gefahr aus dem Weg gegangen, der Engelbert. Und eigentlich dachten auch alle, der wär kerngesund. Aber als der mal wieder wie jedes halbe Jahr zur Routineuntersuchung gegangen is, sagte der Doktor zu dem: Ich habe keine guten Nachrichten für Sie. Sie sind schwerkrank. Und der Engelbert ist kreideweiß geworden und hat gefragt: O weia, wie lange hab ich denn noch? Wochen? Monate? Ein Jahr? Und der Doktor hat auf die Uhr geguckt und hat angefangen runterzuzählen: Acht ... sieben ... sechs ...«

Lotte zündete sich eine Zigarette an. »Ja, richtig, jetzt fällt mir dat wieder ein. Kam ganz plötzlich, dat mit dem Engelbert.«

»Krebs«, bestätigte Päul. »Überall. Der janze Körper voll Minestrone.«

»Metastasen.«

»Sin dat nicht die griechischen Heldensagen un so?«

»Dat sin Mythen.«

»Nee, dat is doch so en Hartlaubgewächs.«

»Dat is Myrthe! Jetz lass mich mal weitererzählen.«

Lotte wollte auch lieber zur Geschichte zurückkehren. »Un der Tod vom Engelbert hat die Thekla dann umgehauen?«

Juppes schüttelte den Kopf. »Das hat die noch ausgehalten. Wie jesacht, die war fräääd. Aber dann kam die Sache mit dem Bestattungshaus.«

»Dieses neue da, was nur drei Monate auf war. Wie hießen die noch? Schrein & Bein? Schaufel & Hobel? Ach nee, Asche & Staub!«

»Genau die. Das waren ganz windige Typen. Und ausgerechnet die hatte die Thekla sich für die Bestattung von ihrem Engelbert ausjesucht. Die hatten immer so Sonderaktionen. *Sarg zum Abschied leise Servus.* Oder *Heiße Preise: Feuerbestattung für wenig Asche.*«

Päul nahm sich auch noch einmal Suppe. Als er Knäckebrot hineinbröseln wollte, krachte es, und die Krümel flogen durch die Luft.

Juppes ließ sich davon nicht beirren und fuhr fort: »Das Bestattungshaus hat der Thekla buchstäblich den Rest gegeben. Als die den Engelbert zurechtgemacht haben, also gekämmt, geschminkt und ausgepolstert und so, wie man das eben so macht, da durfte die Thekla sich den noch mal angucken, da in der Leichenhalle in dem Betrieb, und da is die schreiend in Tränen ausgebrochen.«

»Da würd ich auch et ärme Dier kriejen.«

Juppes wedelte mit dem Zeigefinger. »Nee, nee, nee, dat war wegen dem Anzug.«

Lotte sah ihn fragend an.

»Der Engelbert hatte sich gewünscht, dass er unbedingt in einem blauen Anzug bestattet werden sollte. Weil der den nämlich anhatte, als er damals zum ersten Mal mit der Thekla zum Tanztee nach Altenahr gefahren ist. Jetzt war aber das Problem, dass der Anzug dem Engelbert hinten und vor allen Dingen vorne nicht mehr passte. Der hatte nämlich auch so ein … wie haste eben noch gesagt, Päul? … So ein Feinkostgewölbe.«

Mit lautem Geklimper versuchte Juppes auch noch die allerletzten Tröpfchen Suppe aus seinem Teller zu löffeln.

»Also hatten die Bestatter dann kurzerhand dem Engelbert einen schönen schwarzen Anzug angezogen. Da hatte der, glaube ich, sogar zwei Stück von. Die hatten zuerst überlegt, ob sie den in der Uniform von der Feuerwehr bestatten sollen, aber da waren überall so Brandlöcher drin.«

»Aber der war doch bei keinem einzigen Einsatz«, wandte Päul ein.

»Von den Kippen«, sagte Lotte. »Der Engelbert hat ja auch gequalmt.« Sie drückte ihre Zigarette aus.

»Jenau. Also lag der Engelbert jetzt im schwarzen Anzug da. Sah tipptopp aus. Die hatten dem auch mit Kajal die Augenbrauen un den Schnurres noch so ein bisschen schwarz jemalt.«

»Aber die Thekla hat das umgehauen«, murmelte Lotte nachdenklich.

»Das noch nicht. Dat ging ja nicht anders, wegen der Größe vom Anzug und so. Aber am nächsten Tag riefen die Bestatter die Thekla an und sagten: Kommense mal schnell vorbei. Sie werden staunen! Und die Thekla ist da hingewackelt, und als die den Sarg aufgemacht haben, lag der Engelbert da drin, in einem wunderschönen, knallblauen Samtanzug. Sah fast genauso aus wie der Tanzanzug vom Engelbert. Marineblau, auch der Schlips, die Socken, alles blau ...«

»Und auch die Augenbrauen und der Schnurres?«, fragte Päul ungläubig.

»Quatsch!« Juppes rieb sich mit dem karierten Taschentuch den Mund sauber und lehnte sich auf dem Kneipenstuhl zurück. Er faltete die Hände über dem Bauch, und es sah fast so aus, als sei er satt geworden.

»Hat das die Thekla dann vielleicht vor Freude umgehauen?«, fragte Lotte vorsichtig.

Juppes schüttelte den Kopf. »Das immer noch nicht. Da stand die noch wie ne Eins. Die war so widerstandsfähig, das glaubst du nicht. Nein, die hat sich gefreut und schon wieder geweint, aber dieses Mal, weil sie so glücklich war mit dem blauen Anzug, und dann hat die die zwei Bestatter seelenfroh angelächelt und hat die gefragt, wie die denn dieses Wunder hingekriegt hätten. Und die zwei Typen haben auch gestrahlt und haben sich angeguckt und sich grinsend zugenickt, und dann hat der eine gesagt: Ach, wissen Sie, es ist ja ein so unglaublicher Glücksfall, dass wir es selber kaum glauben können. Gestern Nachmittag, da haben wir einen zweiten Toten reingekriegt. Auch schon ein betagter Herr. Und wir haben uns gleich an die Arbeit gemacht, und der trug einen schönen blauen Anzug. Da hat die Witwe uns unter Tränen erzählt, dass ihr verstorbener Ehemann eigentlich viel lieber in einem schönen schwarzen Anzug bestattet worden wäre.

Und sein Kompagnon hat weitererzählt: Gestern Abend, als wir noch einmal hier drin waren, da haben wir noch mal die beiden Verstorbenen betrachtet und begutachtet, ob denn alles sitzt und passt. Da ist uns dann plötzlich aufgefallen, dass die beiden Herren etwa die gleiche Größe haben und die gleiche Schulterbreite und so, und da kam uns eine famose Idee.«

Juppes lehnte sich mit den Ellenbogen auf den Tisch und sah die beiden anderen mit ernster Miene an. »Und was sein Kollege dann gesagt hat, das hat die Thekla dann schließlich doch umgehauen, sodass die zwei Tage nach der Beerdigung selbst den Löffel abgegeben hat. Er hat nämlich in die Hände geklatscht und fröhlich gelacht und laut gerufen: Tja, und dann brauchten wir nur noch schwuppdiwupp die beiden Köpfe auszutauschen!«

Kugeln vom Killer

Als Mackensen zu Doberschütz ins Auto stieg, hatte er Mühe, seine Abscheu zu überwinden. Man musste wirklich nicht sonderlich pingelig veranlagt sein, um sich im Innenraum des völlig verdreckten Ford Focus unwohl zu fühlen. Die Scheiben waren nikotingelb, das Armaturenbrett war verstaubt und voller Sprenkel getrockneter undefinierbarer Flüssigkeiten. Aus jeder Nische quollen Plastikfolie, alte Pappbecher und zerknüllte Brötchentüten hervor, jede Ritze war verstopft mit Krümeln und Grind.

Mackensen hatte seinem Chef schon mehrfach angeboten, ihn mit seinem Auto abzuholen, aber Doberschütz hatte nur abfällig gegrunzt und ein »In Ihre scheißkleine Schleuder quetsche ich mich nicht noch mal rein« zwischen den wulstigen Lippen hervorgepresst.

Doberschütz saß da, den Blick verfinstert, den kleinen Schnurrbart angriffslustig gesträubt, den fetten Bauch gegen das Lenkrad gepresst. »So, und wohin soll's gehen?«, raunzte er.

»Ins Charlottenviertel«, sagte Mackensen beflissen und guckte auf die Uhr. »Wir dürften gerade noch rechtzeitig da sein.«

»Ging nicht früher«, brummte Doberschütz und scherte aus der Parklücke aus. Hinter ihnen hupte jemand, und er röhrte: »Schnauze, du Arschgesicht!«

Als sie sich auf den Verkehr auf der Kröllwitzer Straße einfädelten, um die Saale zu überqueren, stellte Doberschütz die unvermeidliche Frage: »So, und jetzt erklären Sie mir, warum das hier alles so verdammt geheim ablaufen soll? Wieso um halb neun abends, außerhalb der Dienstzeit? Was ist das für eine Extratour, Bürschchen?«

Gregor Mackensen hatte sich alles zurechtgelegt. Es war noch nie einfach gewesen, seinen Chef von irgendetwas zu überzeugen. Kriminalhauptkommissar Wilfried Doberschütz ließ gemeinhin keine anderen Meinungen als seine eigene gelten. Scharfsinnige Kollegen waren ihm ein Graus, und übereifrige Beamte bremste er brutal aus. Es war also angeraten, planvoll an die Sache ranzugehen.

»Na los«, blaffte Doberschütz, »spucken Sie's aus. Ihr geheimnisvolles Getue geht mir schon seit ein paar Tagen auf den Sack.«

»Also, es ist so, Chef …« Gerade als Mackensen Luft geholt hatte und loslegen wollte, unterbrach Doberschütz ihn auch schon wieder: »Gucken Sie mal im Handschuhfach, ob da noch irgend so'n Schokoriegel drin ist.«

Abgesehen davon, dass Mackensen bei dem Gedanken, mit den bloßen Händen das Fach zu öffnen, nackter Ekel packte, lieferte ihm Doberschütz mit seiner unstillbaren Fressgier einen viel besseren Einstieg in die heikle Erklärung. Er griff in den auf seinem Schoß ruhenden Umhängebeutel und förderte eine kleine Schachtel zutage. »Hallorenkugeln«, sagte er lächelnd. »Das ist viel besser als irgend so ein Schokoriegel.«

Doberschütz warf ihm einen schnellen, skeptischen Blick zu. »Was soll das? Wollen Sie sich lieb Kind machen, oder was?«

»Oh nein, Chef, das hat etwas mit unserem Einsatz zu tun.«

»Aufmachen«, knurrte Doberschütz. Mackensen tat, wie ihm befohlen, und im nächsten Moment grabbelte Doberschütz mit seinen Wurstfingern in der Schachtel herum, förderte ein paar Schokokugeln zutage und stopfte sie sich in seinen gefräßigen Mund.

»Alchfo«, schmatzte Doberschütz. »Ichföre.«

»Ich hatte zwei Wochen Urlaub«, begann Mackensen. »Wie Sie vielleicht wissen, reise ich nicht so gerne.«

Doberschütz brummte, ohne dass erkennbar war, ob es Zustimmung oder Spott signalisieren sollte.

»Also, Flugzeuge und so was kommen für mich nicht infrage. Am liebsten bleibe ich zu Hause. Und wenn es unbedingt sein muss, fahre ich ein bisschen um Halle herum. Und weitere Strecken sowieso nur mit der Bahn.«

»Kommen Sie mal auf'n Punkt!«, knarzte Doberschütz. »Bin doch nicht Ihr Seelenklempner.«

Mackensen räusperte sich und nickte mehrmals, um sich zu sammeln. »Also, am Liebsten bleibe ich zu Hause und … ja, also Hobbys habe ich keine. Eigentlich … tja, also eigentlich habe ich nur meinen Beruf.«

Jetzt war Doberschützens Brummen eindeutig spöttisch gemeint.

»Ich arbeite alte Fälle durch. Ungelöste Fälle. Das macht Spaß. Wir müssen da vorne rechts.«

»Wohin fahren wir denn, verdammt noch mal?«

»Werden Sie gleich sehen, Chef. Sie werden staunen!« Er knetete seine Stofftasche. »Und jetzt hatte ich ja zwei Wochen Zeit, und …«

Doberschütz setzte den Blinker, bog rechts ab und nahm einem Radfahrer die Vorfahrt. »Jetzt sagen Sie nicht, Sie haben sich zwei Wochen lang durch alte Fälle durchgeschnüffelt!«

»Wie gesagt, das macht Spaß.«

Doberschütz grabschte ein paar weitere Hallorenkugeln aus der Schachtel. »Kaum zu fassen.«

»Das können Sie vielleicht nicht verstehen. Ich beneide Sie da, Chef, dass Sie nach Feierabend so einfach die Füße hoch und …«

»He, he, he, Bürschchen, glauben Sie ja nicht, dass ich abends einfach so abschalten kann!« Doberschütz warf ihm aus weit aufgerissenen Augen einen wässrigen Seitenblick zu. »Man ist schließlich rund um die Uhr Bulle! Glauben Sie denn etwa, ich hätte sonst den Würger von Kloschwitz geschnappt?«

Mackensen biss sich auf die Zunge. Er wusste so gut wie jeder andere, dass Doberschütz damals der glückliche Zufall zu Hilfe gekommen war. Das letzte Opfer des Serientäters Hartmut Zeisig hatte früher unter Kehlkopfkrebs gelitten und fröhlich durch seine künstliche Halsöffnung weitergeatmet, obwohl der Mörder ihm Nase und Mund mit Bauschaum gefüllt hatte. Das hatte den Killer so sehr zur Verzweiflung gebracht, dass ihn Doberschütz nur noch am Tatort aufsammeln musste.

»Gleich links, und dann sind wir fast schon da.«

Doberschütz leckte sich schmatzend die Schokolade von den Lippen.

»Lecker, oder?«, fragte Mackensen.

»Mmmmh, kann man essen. Und was hat das mit unserem *Einsatz* zu tun?«

»Kommt gleich, Chef, kommt gleich. Also ich bin da auf eine Reihe von Morden gestoßen. Ungeklärten Morden. Eigentlich ist es mir völlig schleierhaft, dass die Kollegen da nicht längst eine Verbindung hergestellt haben. Aber Sie kennen das: vier Bundesländer ...«

»Momentchen mal, soll das heißen, Sie schnüffeln jetzt schon woanders rum?«

»Nordrhein-Westfalen, Schleswig-Holstein, Bayern und Niedersachsen.«

»Bei den Wessis? Geht's noch? Können Sie sich nicht wenigstens ein paar von unseren eigenen ...«

»Aber bei uns ist doch so gut wie alles aufgeklärt, Chef«, fiel Mackensen ihm ins Wort. »Ist ja auch kein Wunder. Hier gibt's ja auch Kriminalhauptkommissar Doberschütz.«

Ein anderer Polizist hätte jetzt ein paar Worte der Bescheidenheit geäußert. Nicht so der fette Mann hinter dem Steuer. »Auch wieder wahr.«

»Also, diese vier Morde, die ich untersucht habe, scheinen auf den ersten Blick nichts miteinander gemein zu haben. Eine junge Frau wurde 2010 in Aachen mit einem Ziegelstein erschlagen. 2012 wurde in Lübeck ein fast neunzigjähriger Greis in der Trave ertränkt. Zwei Jahre später wurde eine sechsfache Mutter in Nürnberg mit einem Stück Wäscheleine erdrosselt, und 2016 wurde einem Müllmann in Hannover die Kehle aufgeschlitzt.«

Doberschütz bog links ab und schwieg. Auch Mackensen sagte nichts. Er erwartete eine Reaktion seines Vorgesetzten, die dann auch mit Verzögerung eintrat: »Kommt da noch was, oder wie?«

»Also, wie gesagt, zunächst scheinen die Taten völlig unzusammenhängend.« Noch bevor Doberschütz etwas Abfälliges sagen konnte, fuhr er fort: »Aber alle haben sich am 4. Mai ereignet. Immer hübsch im Abstand von zwei Jahren.«

»4. Mai? Das ist heute.«

»Hmhmmm.« Mackensen gab ein fröhlich summendes Geräusch von sich und faltete die Hände über der schon halb leeren Pralinenschachtel. »Jetzt halb links.«

Doberschütz tat, wie ihm geheißen. Was hatte dieser Grünschnabel da ausgegraben? Bis jetzt hatte er immer gedacht, in der Birne unter diesem Lockenkopf herrschte nichts als gähnende Leere? Der Kerl zwinkerte immer so versonnen durch seine Nickelbrille, als könne er kein Wässerchen trüben. Im Büro fiel er nie besonders auf, und Doberschütz hatte ihn bis jetzt ausschließlich zu niederen Diensten missbraucht. Löste in seiner Freizeit Kriminalfälle … Hm. Wofür hielt sich der Knilch denn? Für Nick Knatterton?

»Da vorne ist es. Das Hotel Dormero.« Mackensen reckte den Kopf. »Am besten wir parken da hinten, da haben wir den Haupteingang im Blick.«

»Weiß zwar nicht, was Sie vorhaben, aber …« Doberschütz manövrierte das Fahrzeug umständlich durch die

Martinstraße, eine schmale Gasse, und wendete. Er holperte dabei mehrmals über den Bürgersteig, wobei er beinahe eine Oma mit Rollator erwischte. Als der Wagen schließlich stand, schaltete er die Zündung aus, fummelte die letzten Hallorenkugeln aus der Schachtel und sagte barsch: »So, und jetzt mal zur Sache, Freundchen. Ich hab mir Ihre Spinnereien jetzt lange genug angehört. Ich verplempere hier nicht meinen freien Abend, um Ihnen Nachhilfe in Polizeiarbeit zu geben. Karten auf den Tisch!«

Umständlich suchte Mackensen nach einer Möglichkeit, die leere Pralinenschachtel loszuwerden, bis Doberschütz sie ihm aus der Hand riss und auf den Rücksitz zu der Ansammlung anderen Mülls pfefferte. Dann fischte Mackensen einen Stapel Papiere aus dem Stoffbeutel. »Da hätten wir meine Akte.«

»Ihre Akte«, spottete Doberschütz.

»Ja, ich gebe zu, dass ich heimlich ein paar Sachen aus dem Polizeicomputer …« Er warf seinem Chef einen hektischen Seitenblick zu. Der aber reagierte nicht. Jeder wusste, dass er selbst jede Gelegenheit nutzte, seine Mitmenschen über das Netzwerk auszuspionieren. Nachbarn, Kollegen oder Menschen, die ihm einfach unsympathisch waren. Er nutzte sein Wissen auch mit Vorliebe, um sich Vorteile zu verschaffen und von anderen Gefälligkeiten abzupressen.

Mackensen wedelte mit den Papieren. »Also hier ist jedenfalls alles drin, was ich über die vier Morde herausfinden konnte.«

Doberschütz grabschte nach dem Papierstapel und fuhr mit den wulstigen Schokoladenfingern durch die

Seiten. Er machte allerlei schnaufende Geräusche. Beiläufig wühlte er mit der Rechten in den Fächern der Mittelkonsole herum und förderte ein zerknautschtes Päckchen Zigaretten zutage. Während er mit den Lippen einen Glimmstängel herauszog, wanderte sein Blick weiter über Mackensens Schriftstücke. Jetzt tastete er nach einem Feuerzeug. Leere Tablettenröhrchen, Pistazienschalen und Kaugummipapierchen quollen aus dem Fach und verschwanden in der Dunkelheit des Fußraums.

»Ich bin an allen vier Tatorten gewesen, ich habe in allen Fällen Erkundigungen eingeholt. Es gibt nichts, was in diesen Fällen gleich abgelaufen ist. Nichts außer ...« Mackensen guckte auf die Uhr und reckte wieder den Hals. »Da!«, rief er plötzlich schrill, und Doberschütz fuhr hinter dem Steuer zusammen. Sein schlecht rasiertes Doppelkinn zitterte. »Haben Sie'n Knall? Mich so zu erschrecken!«

»Da ist er! Starten Sie den Wagen!«

Ein Mann war aus dem Hoteleingang getreten. Eine unscheinbare Gestalt mittleren Alters in einem grauen Übergangsmantel. Er ging in unauffälliger Geschwindigkeit auf das Taxi zu, das in der Fußgängerzone vor dem Hotel wartete, und öffnete die Beifahrertür.

»Er hat ein Taxi für neun Uhr bestellt. Das habe ich vorhin im Hotel mitbekommen!«

»Wer?«, donnerte Doberschütz. »Wer denn, verdammt noch mal?«

»Friedhelm Olm«, rief Mackensen atemlos. »Es ist Friedhelm Olm aus Wiesbaden! Und wir müssen jetzt diesem Taxi folgen! Das ist unsere einzige Chance! Fahren Sie los!«

Doberschütz stieß einen seiner übelsten Flüche aus, knallte Mackensen Feuerzeug, Zigaretten und die Akte auf den Schoß und ließ den Wagen an. Als er aus der Parklücke schoss, schrammte er am Kotflügel des vor ihm geparkten Wagens vorbei und zwang den Fahrer eines Lieferwagens zu einer Vollbremsung. »Ich drehe Ihnen den verdammten Hals rum, Sie Flachpfeife, wenn das hier eine Nullnummer wird«, keuchte Doberschütz. Schweißperlen traten auf seine Stirn.

»Vertrauen Sie mir, Chef«, presste Mackensen angestrengt zwischen den Lippen hervor. »Friedhelm Olm hat in den letzten acht Jahren vier Menschen umgebracht, und wenn alles so läuft, wie ich es geplant habe, werden wir heute seinen fünften Mord verhindern und ihn auf frischer Tat erwischen.«

Das Taxi fuhr gottlob gesittet, es schien nicht auf eine heiße Verfolgungsjagd hinauszulaufen. Sie kurvten durch die Häuserblocks des Charlottenviertels, bogen zum Riebeckplatz ab und verließen den riesigen Kreisverkehr in Richtung Delitzscher Straße. Als sie unter der Eisenbahnbrücke durch waren, ging es nur noch geradeaus.

»Wohin will der?«, fragte Doberschütz, dessen Schweiß man jetzt auch riechen konnte. »Haben Sie eine Ahnung?«

Mackensen strahlte auf dem Beifahrersitz wie ein Honigkuchenpferd. »Oh ja, ich denke, ich weiß es.« Er griff wieder in seinen Stoffbeutel und holte eine weitere Pralinenpackung hervor. Er rappelte gut gelaunt damit.

»Was soll das? Haben Sie 'ne Meise?«

Mit beinahe sachlichem Tonfall begann Mackensen sein Wissen mit seinem Vorgesetzten zu teilen: »Die in Aachen erschlagene Ingeborg Fischenich hatte kurz vor ihrer Ermordung Printen gegessen. Diese harten, klebrigen Gebäckriegel, für die Aachen berühmt ist. Reinhold Gastmann, der in Lübeck ertränkte Rentner, hatte ein halb aufgegessenes Marzipanbrot in der Tasche seiner Windjacke und den Rest im Magen. Die erdrosselte Heidrun Pölser aus Nürnberg hatte kurz vor ihrem Tod Lebkuchen gegessen, und der von der Müllabfuhr aus Hannover ...? Na? Naaa?« Er sah Doberschütz erwartungsvoll an.

»Verflucht noch mal, was denn?«, blaffte der. »Hannover ... Hannover ... Was gibt's denn da?«

»Bahlsen!«, feixte Mackensen. »Die berühmtesten Kekse Deutschlands! Und jetzt ist er hier in Halle, weil ...« Er wies bedeutungsvoll mit der flachen Hand in Richtung des riesigen, altehrwürdigen Fabrikgebäudes auf der rechten Straßenseite, dessen rötlich sandfarbener Anstrich im schwindenden Tageslicht nicht mehr so recht auszumachen war.

Das Taxi hielt, und Doberschütz fuhr in gebührendem Abstand an den Fahrbahnrand.

»Halloren«, murmelte er mit herunterhängender Unterlippe. «Die Schokoladenfabrik.«

»Ganz recht. Ich finde, es ist ja fast schon so etwas wie eine lokalpatriotische Verpflichtung, ihn hierherzulocken.«

Der Mann stieg aus dem Taxi. Mit in den Manteltaschen vergrabenen Händen stand er auf dem Gehweg und legte den Kopf in den Nacken, um die Fabrikfassade zu bestaunen.

»Hierhergelockt?«, fragte Doberschütz ungläubig. Jetzt zündete er sich endlich die ersehnte Zigarette an. Er dachte gar nicht daran, ein Fenster zu öffnen.

»Nun ja, Chef, es war nun mal an der Zeit. Alle zwei Jahre, 4. Mai ... Da bot sich Halle mit den Hallorenkugeln doch regelrecht an. Das richtige Werbeblättchen zum rechten Zeitpunkt im Briefkasten ... Ich habe gewusst, dass er darauf anspringt!« Mackensen zupfte die Plastikfolie von der Hallorenpackung. »Ich meine, es ist die älteste Schokoladenfabrik Deutschlands! Das darf doch auf seiner Agenda nicht fehlen! Unsere Hallorenkugeln! Also ehrlich, Printen, Lebkuchen, meinetwegen, schön und gut, aber was wäre denn sonst noch gekommen? Negerküsse? Twix? Marshmallows?« Er hatte die Schachtel geöffnet, und Doberschütz griff wieder zu. Zwischen zwei Zigarettenzügen vertilgte er schmatzend ein paar Kugeln. Gemeinsam beobachteten sie, wie Friedhelm Olm ein wenig am Gebäude entlangschlenderte. »Er sieht sich die Quelle an, den Ort, wo alles herkommt«, erklärte Mackensen.

»Scheint so.« Doberschütz tat einen tiefen Lungenzug, hustete rasselnd, und zwei Zentimeter Zigarettenasche rieselten auf seinen fetten Bauch. »Aber warum das alles?«

»Ich weiß nur, dass seine Eltern in den Siebzigern beim Brand ihres Süßwarenladens in Wiesbaden ums Leben gekommen sind.« Er tippte auf die Akte. »Steht alles da drin.«

»Scheißserienmörder mit ihren Scheißserienmördermotiven«, knurrte Doberschütz und drückte die Kippe in den Aschenbecher, sodass eine Handvoll anderer rauspurzelte. Dann aß er wieder Schokolade und rülpste.

»Da kennen Sie sich ja aus«, sagte Mackensen hintergründig.

War das Ironie? Wollte der Heini ihn verarschen? »Oh ja, da kenne ich mich aus«, raunzte Doberschütz. »Glauben Sie denn etwa, ich hätte sonst die Schwarze Witwe von Gröbzig geschnappt?«

Mackensen spitzte die Lippen. Jeder wusste, warum ihm die sechsfache Mörderin ins Netz gegangen war: Als Ute Schmölln ihre jüngste Männerbekanntschaft zerstückelt und danach wie immer paketchenweise zwischen Magdeburg und Halle in den Papierkörben verteilt hatte, war ihr nicht aufgefallen, dass sie auf einer der Zeitungsseiten nicht nur ihre Handschrift im Kreuzworträtsel hinterlassen, sondern auch noch bei »Weltmacht mit drei Buchstaben« »Ute« eingetragen hatte.

»Verdammt, der steigt wieder ins Taxi!«, röhrte Doberschütz und startete wieder. »Was macht der Typ? Wird das etwa so was wie 'ne Rallye?«

»Jetzt begibt er sich an den Tatort«, hauchte Mackensen feierlich.

»Der spinnt doch! Und Sie auch!«

Sie folgten dem Taxi, das nun bis zur Kreuzung Fiete-Schulze-Straße fuhr und dort wendete. Doberschütz gab mächtig Gas und legte einen rasanten U-Turn hin, als die Ampel schon dunkelgelb zeigte. Mackensen rutschte tiefer in seinen Sitz. Wenn sein Chef sich weiter so auffällig benahm, konnte es sein, dass Olm sie bemerkte.

Es ging zurück in Richtung Innenstadt. Unter der Bahn her, genau der Weg, den Sie gekommen waren. Fast sah es so aus, als wolle das Taxi ihn zurück zum Hotel bringen, aber dann hielt es auf der Magdeburger Straße an.

Olm stieg aus. Er sprach noch ein paar freundliche Worte in Richtung Fahrer, bevor er die Tür schloss. Als das Taxi weg war, überquerte er die Straße, und Mackensen sagte düster: »Der Stadtpark. Es geht los.«

»Wie, es geht los? Was geht los?« Doberschütz hatte mittlerweile einen hochroten Kopf vor Aufregung. Der Schweiß tropfte ihm aus den struppigen Koteletten. »Geht der jetzt einen abmurksen, oder wie oder was?«

Statt einer Antwort nickte Mackensen nur mit zusammengekniffenen Lippen und schnallte sich ab.

Da packte Doberschütz ihn am Kragen und zog sein Gesicht ganz nah zu sich heran. »Wehe, das ist so eine billige Verarsche, Sie Würstchen.« Sein Mundgeruch kam direkt aus der Hölle. »Einen wie den alten Doberschütz linkt keiner, kapiert? Ich habe einundvierzig Jahre Polizeidienst auf dem Buckel, und wenn Sie mir einen Bären aufbinden wollen, dann schaffen Sie nicht mal zehn! Ich hab noch ein paar Jungs, die mir einen Gefallen schuldig sind, die polieren Ihnen die Eier, hören Sie? Doberschütz verarscht keiner! Glauben Sie denn etwa, ich hätte sonst den Schlitzer von Glebitzsch ge...«

»Da, er verschwindet im Park!«, kreischte Mackensen und riss sich los.

Doberschütz verhedderte sich beim Aussteigen im Gurt. Als er aus dem Wagen sprang, klirrte eine leere Wodkaflasche auf den Asphalt. Sie schafften es mit Mühe, zwischen dem Verkehr über die vierspurige Fahrbahn und die Straßenbahngleise zu kommen. Mackensens Stofftasche flatterte an seiner Seite, Doberschütz' Hemd rutschte aus der Hose, und sein aufgeblähter, haariger Bauch quoll hervor. Er keuchte wie eine Dampfwalze, als sie auf der anderen Straßenseite zwischen die Bäume stolperten.

»Wo ist er?«, japste er. »Verflucht, suchen Sie den Dreckskerl, bevor er was anstellt, Sie Hanswurst!«

Unter dem dichten Blattwerk des Stadtparks herrschte bereits Dunkelheit. Mackensen spähte in allen Richtungen umher. »Sollen wir die Kollegen rufen?«, fragte er mit angehaltenem Atem.

»Bei Ihnen ist wohl 'ne Schraube locker! Wenn hier einer diesen Irren mit der Schokoladenmacke einkassiert, dann bin ich das!« Das hatte Mackensen nicht anders erwartet. Das fette, alte Ungetüm witterte Ruhm und Ehre, und beides teilte er nur höchst ungern mit anderen.

Etwas knackste rechts im Geäst, und sie fuhren zusammen. Ein Tier, vermutlich ein Karnickel. Weiter hinten schlenderte eng umschlungen ein junges Liebespärchen über den Gehweg. In der Ferne ertönte ein Martinshorn. Aus einer anderen Ecke der Stadt erklang ein Hupkonzert.

Dann sahen sie ihn. Der hellgraue Mantel war deutlich zu erkennen. Er drückte sich in der Nähe einiger massiver Baumstämme herum. Mackensen und Doberschütz gingen hinter einem Gebüsch in die Hocke. In den Gelenken des Kriminalhauptkommissars knackte es so laut, dass man meinen konnte, Olm müsse es hören.

»Was macht er?«, fragte Doberschütz ächzend. »Können Sie was sehen?«

»Er sieht ein bisschen planlos aus«, wisperte Mackensen. »Ich habe ja keine Ahnung, wonach er seine Opfer aussucht. Er geht hin und her.«

Doberschütz war inzwischen auf die Knie gesunken und atmete rasselnd. »Verflucht, ich brauch 'ne Kippe.«

»Jetzt setzt er sich in Bewegung. Ob er jemanden gesehen hat? Aber da ist doch keiner … Was wird es wohl diesmal sein? Zuerst die junge, schlanke Frau, dann der klapprige alte Greis … Er kommt näher.«

»Näher? In unsere Richtung?« Schweißgeruch stieg zu Mackensen auf. »Kommt er her?«

»Ja, tut er. Langsam. Er bummelt rum. Aber er kommt näher. Dann war es diese Mutter, ganz durchschnittliche Frau. Der Müllmann war Kroate, glaube ich …«

Doberschütz sah, wie Mackensen schon wieder in seinen Stoffbeutel griff und eine weitere Schachtel Hallorenkugeln zutage förderte. »Was soll das denn jetzt, Sie Schwachkopf? Meinen Sie, mir ist jetzt nach Süßigkeiten?«

Was war das? Hatte der Kerl jetzt plötzlich Latexhandschuhe an? Wo kamen die her?

»Ja, jetzt steuert er direkt auf uns zu«, sagte Mackensen. Doberschütz konnte das breite Grinsen des jungen Polizisten trotz der Dunkelheit deutlich erkennen. »Zu schade, dass ich ihn nicht daran hindern kann, seinen fünften Mord zu begehen. Er kommt näher ... näher ... gleich ist er hier.«

»He, was soll der Scheiß? Was sollen die Handschuhe, Sie Wicht?« Doberschütz stützte sich mit der rechten Hand auf dem Boden ab. »Ticken Sie nicht mehr ganz sauber?« Er versuchte schnaufend, sich aufzurichten, aber als Mackensen jetzt ein Küchenmesser aus der Stofftasche zog, strauchelte er und stürzte auf den Rücken.

»Noch vier, fünf Meter vielleicht, dann ist er hier!«

»Sie Scheißkerl, ich habe Ihnen doch gesagt, Sie sollen hier keine Show mit mir abziehen!«, röchelte Doberschütz. Dann fuhr die Klinge durch seine fette Brust bis tief in sein finsteres, vernarbtes Herz hinein.

Bevor eine tiefe Schwärze ihn einhüllte, sah er noch schemenhaft Mackensens strahlendes Gesicht, er sah die lustigen Löckchen, die ihm in die Stirn fielen, und die Augen, die fröhlich hinter den Gläsern der Nickelbrille zwinkerten. »Glauben Sie denn etwa, ich könnte sonst in wenigen Sekunden den Süßwaren-Killer von Wiesbaden schnappen?«

Der Tod und Herr Schmitz

Der Tod ist stark, der Tod ist flink,
der Tod hat alle Hände voll zu tun.
Er löscht die Lebenslichter aus
und hat nie Zeit, sich auszuruhen.

Rund um die Uhr, tagein, tagaus,
arbeitet er die Listen ab,
bringt pünktlich im Ein-Mann-Betrieb
die Menschen in das Grab.

Im Herbst, da wollte er nach Plan
dem Schmitz Karl-Egon an den Kragen.
Dies schien Routine, leichte Sache,
ein schnelles Ding in trüben Tagen.

Ein kleiner Unfall, Nebel, Autobahn,
bei Lotte-Osnabrück,
so war des Todes simpler Plan,
doch Schmitz, der hatte Glück.

Verfuhr sich, landete in Sauerland,
des Todes Zeitplan kam ins Wanken.
Er suchte Schmitz, verpasste ihn,
erst im Gasthof, dann beim Tanken.

Dann kam ein Großauftrag dazwischen,
sechs Mann beim Hochhausbrand,
hernach dauerte es ein Wochenende,
bis er Schmitz wiederfand.

Gut, dachte er, ich nehm den Herzinfarkt,
das klappt so gut wie immer,
er haut den Schmitz aus den Pantoffeln,
nach acht, im Bügelzimmer.

Doch neben Schmitz wohnt Alfons Meier,
und der ist Sanitäter.
Der Tod verwünscht die Erste Hilfe
und plant Schmitz' Tod für später.

Am Sonntagabend soll's geschehen,
da hat er etwas Luft.
Kurz nach dem Tatort wird es sein,
der Tod hört, wie Schmitz ruft:

»Ich geh noch draußen eine rauchen«,
dann tritt er aufs Trottoir,
fest an der Wand hing der Balkon
schon über siebzehn Jahr.

Als er herabstürzt, ist Schmitz weg.
Mit rot glühender Kippe
steht pinkelnd er am Baum
und springt erneut ihm von der Schippe.

Es kocht der Tod vor Wut und Zorn,
dass seine Nüstern beben.
Ein Eisenbahnunfall muss her,
der kostet Schmitz das Leben!

Der Zug fährt äußerst pünktlich ab,
rast südwärts und entgleist.
Ein Unglück, das zwei Dutzend Menschen
ins Verderben reißt.

Doch leider nicht Karl-Egon Schmitz,
der hat nämlich verschlafen.
Des Todes Zeitplan liegt in Trümmern!
Hart wird er Schmitz bestrafen!

Er schickt ihm ein Gewitter,
doch es trifft ihn nicht der Blitz.
Auch einer Feuersbrunst im Kaufhaus
entkommt Karl-Egon Schmitz.

Der Tod ist grün vor Wut und rast.
Es reicht! Schnell muss es gehen!
Mit einer Krankheit haut das hin,
das rafft ihn hin im Handumdrehen.

Er schickt ihm Fieber, Nierenstein,
Durchfall und Nervenflattern,
Er schickt ihm Grippe, Raucherbein, Gicht,
Asthma und die Blattern.

Und Schmitz nimmt ab, fast hundert Pfund,
hat Rücken und Migräne,
wird taub, erblindet, kriegt Geschwüre,
verliert Frisur und Zähne.

Aber er lebt! So grade eben,
als krummer, siecher Schatten.
Er zehrt von dem, was seine Frau
und er vom Leben hatten.

Monat um Monat geht das so,
den Tod nimmt dies viel Kraft,
Das gab's noch nie, Karl-Egon Schmitz
hat ihn ganz schön geschafft.

Er fühlt sich matt.
Im Job ist zwischenzeitlich viel liegen geblieben.
Der Tod hat sich schon viel zu lang
diesem Herrn Schmitz verschrieben.

Er braucht sechs Monate und mehr,
beruflich aufzuholen.
Bezüglich Schmitz sitzt er jedoch
noch immer auf heißen Kohlen.

Im Frühling fährt Herr Schmitz zur Kur,
mit seiner Frau, zum Meer.
Der Tod reißt sich noch mal zusammen
und reist ihm hinterher.

Jetzt gilt es, diesmal muss es klappen!
Er muss an diesen Knilch ran!
Sonst gibt er auf, wechselt den Job,
wird Koch, Förster oder Milchmann.

Der Tod folgt ihnen an den Strand,
doch da packt ihn der Schrecken.
Frau Schmitz paddelt im Wasser rum.
Ihn kann er nicht entdecken.

Was macht sie da? Was tut sie nur?
Was fuhrwerkt sie im Nass?
Kein Zweifel, sie hat ihren Mann ertränkt.
Es macht ihr sichtlich Spaß.

Frau Schmitz lacht laut. Sie wirkt befreit.
Der Tod kann es nicht glauben.
Er ballt die Knochenfaust und knurrt,
und er beginnt zu schnauben.

Das Wasser spült Herrn Schmitz an Land.
Er ist jetzt mausetot.
Umsonst die Arbeit! Vertane Zeit!
Der Tod sieht plötzlich rot.

Die Wut kocht in ihm hoch,
der Zorn, schon lange aufgehäuft.
Dann hat er ohne nachzudenken
wenigstens Frau Schmitz ersäuft.

Ein Kneipengespräch

»Meine erste Frau ist an Pilzvergiftung gestorben«, sagte der Fremde neben Karl Günther und kippte seinen Schnaps in einem Zug runter. Karl Günther sah ihn überrascht von der Seite an. »Ja, Abend im Herbst, Pilzpfanne, Peng, Paaf, tot.«

Karl Günther staunte über die Offenheit seines Thekennachbarn und legte die Stirn in Falten. »Mannomann, das ist ja allerhand.«

»Meine zweite Frau übrigens auch«, setzte der Fremde hinterher und bestellte noch einen Schnaps.

»Nee, echt jetzt?«

Der Mann nickte mit verkniffenen Mundwinkeln. »Pilzomelett. Peng, Paaf, tot.«

»Oweiowei«, hauchte Karl Günther.

Die Wirtin schenkte ein, und der Mann stürzte den Schnaps runter. »Auch meine dritte Frau …«

»Auch tot?«, fragte Karl Günther.

»Ja, allerdings. Pilzvergiftung.«

»Nee!«

»Doch. Pilzsuppe. Peng, Paaf, tot.«

»Noch einen?«, fragte die Wirtin und winkte mit der Schnapsflasche.

»Nee, danke«, sagte der Mann. »Muss jetzt nach Haus. Hab noch hundertfuffzich Kilometer zu fahren. Und morgen ist ja auch Beerdigung.« Er zwinkerte Karl Günter zu. »Meine vierte Frau.«

»Lassen Sie mich mal raten«, sagte Karl Günter. »Pilzvergiftung?«

»Hm? Wie? Ach so, nee.« Der Fremde schüttelte den Kopf, rutschte vom Barhocker, kramte ein paar Münzen aus dem Portemonnaie und legte sie auf die Theke. Im Hinausgehen rief er fröhlich: »Die mochte keine Pilze. Die hab ich erschossen.«

Der Enkeltrick

Es war immer sehr, sehr aufwendig, die ganzen Angebotsblättchen zu sichten, auszuwerten und zu sortieren. Franz machte kleine Stapel und klebte bunte Markierungen, machte Kringel und rahmte bestimmte Dinge mit Textmarker ein. Zum Schluss schrieb er eine Einkaufsliste und legte die einzelnen Seiten, die er aus den Broschüren herausgetrennt hatte, zu einem kleinen Katalog zusammen. Es konnte nie schaden, sie beim Einkauf dabeizuhaben. Manche Verkäuferinnen waren einfach schwer von Begriff und kannten die eigenen Sonderangebote nicht. Mit dieser ganzen Arbeit verbrachte Franz meistens den ganzen Sonntagvormittag. Er war nicht geizig, aber er hatte es bitternötig. Die kleinen Summen, die er damit einsparte, waren nicht zu verachten. Übers ganze Jahr gesehen läpperte es sich, und im Sommer konnte er sich manchmal einen bescheidenen Wochenend-Trip nach Ostfriesland leisten.

Seit der Scheidung war er finanziell nie wieder richtig auf die Beine gekommen, und vor vier Jahren hatte die Firma, in der er lange Jahre gearbeitet hatte, dichtgemacht. Kein Sozialplan, keine Abfindung … Franz hatte auf der ganzen Linie verloren. Er war zwar noch in einem Alter, in dem er mühelos hätte umschulen können, aber Rheuma, Asthma und 25 Dioptrien machten es nicht eben leicht, einen Job zu finden.

Franz faltete die Einkaufsliste auf Portemonnaiegröße und schob die übrig gebliebenen Werbeblättchen zusammen. Alles war heutzutage sehr klein gedruckt, das erschwerte ihm die sonntägliche Planung zusätzlich.

Er wollte gerade die restlichen bunten Blätter in den Altpapierkarton werfen und dachte darüber nach, dass man früher Geld bekommen hatte, wenn man Papier sammelte, als das Telefon klingelte.

Am Sonntagvormittag? Er kannte niemanden, der ihn am Sonntag anrief. Und vom Amt oder von irgendeiner Versicherung konnte es ja wohl niemand sein. Oder vielleicht doch? Die ein oder andere Rate war noch offen, und vielleicht zogen die ja jetzt andere Saiten auf …

Er musste dringend Geld verdienen. So war das doch kein Leben mehr.

Die Nummer wurde unterdrückt. Er hob ab.

»Hallo?«

Am anderen Ende blieb es zuerst einen Moment lang still. Nur ein leises Atmen war zu hören.

»Hallo?«, wiederholte Franz. Er meldete sich nie mit Namen. Man musste es dem Gerichtsvollzieher oder den Inkassotypen ja nicht noch unnötig leicht machen.

Das Atmen wurde lauter. Franz beschloss gerade aufzulegen, als eine brüchige, zittrige Stimme aus dem Hörer kam: »Franz?«

»Jaaa«, sagte er gedehnt.

»Fränzchen, bist du es?« Es war die Stimme einer alten Frau.

»Ich heiße Franz«, sagte er unsicher. Wen kannte er, zu dem diese Stimme passen konnte? Ihm fiel niemand ein.

»Ich bin es, deine Oma.« Es klang schüchtern, fast ängstlich.

Franz hatte keine Oma mehr. Schon seit über zehn Jahren. Auch keinen Opa und keine Eltern. Keine Geschwister, keine Onkel und Tanten.

»Da muss ein Irrtum vorliegen«, sagte er sachlich. »Sie sind mit Franz-Georg Wittkemper verbunden.«

»Ja, ganz richtig«, sagte die alte Dame. »Franz-Georg Wittkemper. Mein kleines Fränzchen. Erinnerst du dich nicht? Ich bin deine Oma. Wir haben uns schon so lange nicht mehr gesehen.«

»Nein … hören Sie«, stammelte Franz und wollte das Gespräch beenden. »Sie suchen jemand anderen. Ich heiße Franz-Georg Wittkemper, aber auch wenn Sie jemanden mit diesem Namen suchen, muss da eine Verwechslung vorliegen.«

»Aber ich bin es doch. Deine Oma!«

»Meine Oma väterlicherseits hieß Gerda Wittkemper und lebte in Köln, und meine Oma mütterlicherseits kam aus einem kleinen Dorf in der Eifel und hieß Margarete Klütsch.«

»Oma Margarete!«, jubelte die alte Frau. »Margarete Klütsch, die Frau von Opa …«

»Theo.«

»Opa Theo, richtig! Erkennst du mich denn nicht?«

Franz hatte keinen Opa Theo gehabt. Die Alte war in die Falle getappt. Horst wäre der richtige Name gewesen. Opa Horst, der immer einen Zigarrenstumpen im Mundwinkel gehabt und dementsprechend gerochen hatte. Und an seiner Seite Oma Margarete mit den glitzernden, kleinen Ohrringen und den langen, gelben Zähnen.

»Fränzchen, bist du noch dran?«

Auch die Stimme passte nicht. Trotzdem wurde Franz jetzt neugierig. »Ja, ich bin noch dran«, sagte er lauernd.

»Fränzchen, du musst deiner alten Oma helfen.«

»Helfen?«

»Ja, mein lieber Junge, ich stecke ein bisschen in der Klemme.«

Franz schwieg. Was sollte das werden?

»Fränzchen?«

»Ja, Klemme, sagtest du.«

»Es ist ganz furchtbar, mein Junge. Ich muss morgen früh dringend Geld zur Bank bringen, sonst sperren die mir das Konto, und dann kann am Mittwoch die Miete nicht abgebucht werden. Es sind nur dreihundert Euro, die mir fehlen. Ich muss mir dringend etwas bei dir leihen. Du kriegst es ganz schnell zurück, hörst du?«

Jetzt begriff Franz. Er hatte schon oft davon gehört: der Enkeltrick.

»Nur dreihundert Euro, mein Junge. Du kriegst sie übernächste Woche zurück. Da kriege ich meine Lebensversicherung ausbezahlt, und dann bin ich alle meine Sorgen los.«

Dreihundert Euro! Beinahe hätte Franz laut losgelacht. Wer auch immer diese wirre Alte war, ausgerechnet bei ihm rief sie an! Bei ihm, der jeden Cent fünfmal umdrehte, bevor er ihn ausgab!

Er lachte tatsächlich. Nur sehr leise, aber doch so, dass sie es hören konnte.

Sie sagte nichts mehr. Dafür drang jetzt ein leises Schluchzen aus dem Hörer, und im selben Moment tat sie ihm auch schon leid.

Ganz offensichtlich war sie dem Irrtum erlegen, dass dieser Enkeltrick auch anders herum funktionierte. Alte Leute konnte man am Telefon leicht übers Ohr hauen. Sie erinnerten sich nicht mehr an die Dinge aus der Vergangenheit, warfen Fakten, Zeiten und Personen durcheinander. Sie taten bekanntermaßen alles für ihre Enkel und waren nur allzu willige Opfer für Betrüger.

Der Enkeltrick – Franz selbst hatte auch schon einmal über diese Möglichkeit nachgedacht, an Geld zu kommen.

»Dreihundert Euro«, sagte er nachdenklich. Die hätte er auch gerne.

»Oder wenigstens zweihundert. Wenn ich den Leuten auf der Bank schon mal meinen guten Willen zeige …«

»Na ja, hundert könnte ich dir geben«, sagte Franz. Er glaubte selbst nicht, was er da gerade tat. »Ja, hundert Euro kriege ich zusammen.«

»Oh, du bist ein guter Junge!«

»Wo wohnst du denn?«

»Na, du wirst doch wissen, wo deine Oma wohnt.«

»Noch immer in der Eifel?«

»Äääh, nein, ich wohne doch ganz in deiner Nähe. In der Stadt.«

Franz spitzte die Lippen und unterdrückte ein leises Kichern. »Ach so, ja, stimmt. Dann kommst du das Geld bei mir abholen?«

Am anderen Ende zögerte die alte Frau. »Abholen … jaaaa, ich … hm.«

»Oder ich bringe dir das Geld.« Franz war jetzt plötzlich ganz aufgekratzt. Ihm bot sich mit einem Mal ein famoses Sonntagnachmittags-Amüsement.

»Ach, weißt du, Junge, das ist mir eigentlich auch nicht so recht.«

»Und warum nicht?«

Sie schwieg. Und wieder hörte er ein leises Schniefen. War das Show? Oder war sie wirklich in so enger Bedrängnis?

»Oma?«, fragte er sanft.

»Ja, mein Fränzchen?«

»Sollen wir uns irgendwo treffen?«

»Oh, das wäre wunderbar!«

»Hast du einen Vorschlag?«

»Am Friedhof. Südlicher Eingang.«

»In einer Stunde könnte ich da sein.«

»Du bist ein guter Junge!« Ihre Stimme hatte mit einem Mal einen ganz warmherzigen Klang.

Als Franz auflegte, spürte er, dass seine Hand zitterte. Worauf ließ er sich da ein? Eine Greisin, die sich als seine Großmutter ausgab, wollte ihn um sein Erspartes betrügen. Eigentlich hätte er empört sein müssen, aber wenn er ehrlich war, war es nicht nur Neugier, die ihn antrieb, sondern auch eine Spur Mitleid.

Als er sich kurz darauf auf den Weg machte, hatte er dreißig Euro in seinem Portemonnaie. Wenn diese alte Frau und er sich Auge in Auge gegenüberstanden, würde sie ihm nichts mehr vorspielen können. Wenn sie wirklich so große Not litt, wie sie es vorhin am Telefon erzählt hatte, würde er ihr die drei Zehner zustecken, wohl wissend, dass er dieses Geld nie mehr wiedersehen würde. Manchmal ärgerte sich Franz über sich selbst, weil er ein so großes Herz hatte.

Er war früher am Friedhofstor, als sie das vereinbart hatten. Hinter einem parkenden Kleintransporter einer Malerfirma wartete er und beobachtete die Leute, die kamen und gingen. Und schließlich wackelte eine kleine, alte Frau mit Pelzmütze und Kamelhaarmantel heran, die kein bisschen nach seiner Oma väterlicherseits aussah. Es war fünf Minuten vor der vereinbarten Zeit. Sie ging gebeugt, auf einen Stock gestützt. Ihre Brille war klobig und unmodern, ihre silbergrauen Haare guckten strähnig unter der Mütze hervor. Die Erscheinung passte zu der Telefonstimme von vorhin.

Nachdem sie ihre Position am Portal des Friedhofs eingenommen hatte, blickte sie sich suchend um. Ihre Züge waren verhärmt, und ihr Kinn zitterte. Franz blieb in seiner Deckung und wartete. Es gab keinen Grund zur Eile.

Wieder und wieder blickte die alte Frau auf die kleine Armbanduhr an ihrem knochigen, mageren Handgelenk. Ab und zu drückte sie den Rücken durch. Es sah aus, als habe sie Schmerzen. Warum er so lange wartete, wusste Franz selber nicht. Irgendetwas an der Situation faszinierte ihn.

Nach etwa zwanzig Minuten schien die alte Frau zu der Überzeugung zu gelangen, dass ihr Warten vergebens war. Sie zog ein Taschentuch hervor, nahm die

Brille ab und wischte sich die Augen. Ihre Schultern zitterten. Dann schnäuzte sie sich. Und schließlich setzte sie sich langsam in Bewegung.

Franz trat aus seinem Versteck hervor und wollte nach ihr rufen, aber etwas hielt ihn zurück.

Er beschloss, ihr zu folgen, um herauszufinden, wo sie wohnte. Es konnte von Vorteil sein, etwas mehr über sie zu erfahren. Womöglich war die Sache mit der Lebensversicherung ja gar keine Erfindung gewesen. Vielleicht stand ihr tatsächlich demnächst ein ordentlicher Batzen Geld ins Haus. Und wenn sie keine wirklichen Verwandten hatte, die ihr mit etwas Geld unter die Arme greifen konnten, wäre es vielleicht gar keine so schlechte Idee, wenn er sich ein wenig beliebt bei ihr machte. Er hatte keine Oma mehr, und sie hatte wohl kaum einen echten Enkel ... das konnte doch ein schöner Anfang sein.

Es machte ihm einige Mühe, einen ausreichenden Abstand zu wahren, so langsam, wie sie sich fortbewegte. Sie war wirklich sehr gebrechlich. Immer wieder musste Franz stehen bleiben, um ihr ein wenig Vorsprung zu gewähren.

Und wenn sie ihm nicht freiwillig etwas von dem Versicherungsgeld abgab, konnte er ja vielleicht auch ein wenig Druck ausüben. Er würde sie zwingen, einen Vertrag zu unterschreiben. Einen zu seinen Konditionen. Ja, ohne Vertrag lief nichts. Wenn er ihr Geld lieh, würde sie einen ordentlichen Zins zahlen müssen. Da hatte er sie in der Hand, denn immerhin konnte er ja auch gleich zur Polizei gehen. Das würde er ihr schon mehr oder weniger schonend beibringen.

An den Straßenecken blieb sie immer wieder stehen, um zu verschnaufen. Nieselregen setzte ein, und Franz kriegte langsam kalte Füße. Seine ausgetretenen Schuhe hielten dem Herbstwetter nicht stand.

Wie alt mochte sie ein? Die Achtzig hatte sie wahrscheinlich schon lange hinter sich gelassen. Wahrscheinlich auch schon die Neunzig. Was wollte sie denn mit dem ganzen Geld von der Lebensversicherung? Franz wunderte sich ein bisschen über die eigene Skrupellosigkeit.

Aber so war das nun mal mit dem Überleben. Das ging manchmal nur auf Kosten anderer.

Sie entfernten sich mehr und mehr von der dichten Wohnbebauung der Stadt und steuerten einen Vorort an, in dem zahlreiche Häuser leer standen. Eine unwirtliche Gegend. Franz kannte sie von früher. Ein paar Schulkameraden hatten mit ihren asozialen Familien hier gelebt. Wer hier wohnte, hatte nicht mehr viel zu melden in der Gesellschaft.

Sie bog von der Hauptstraße linker Hand in eine kleine Gasse ab. Jetzt waren sie schon fast eine halbe Stunde unterwegs. Franz schätzte, dass sie schon gut anderthalb Kilometer zurückgelegt hatten. Die Alte war zäh.

Als er um die Ecke bog, wäre er beinahe mit ihr zusammengestoßen. Sie hantierte mit einem klimpernden Schlüsselbund an einer Haustür herum.

Er verbarg sich hinter der Hausecke aus Ziegelsteinen und beobachtete, wie sie eintrat. Ein einstöckiges, kleines Haus mit rissigem Sandputz und einem winzigen Vorgarten, in dem ein paar Astern mit zaghaften Farben ein wenig Trost spendeten.

Als sie die Tür aufgeschlossen hatte, musste sie ein paarmal kräftig dagegenstoßen, um sie zu öffnen, und als sie sie hinter sich wieder in den Rahmen schob, musste sie sie mehrmals krachend zuwerfen, dass sie richtig ins Schloss fiel.

Franz war sich nicht sicher, was er tun sollte. Nach ein paar Minuten des Zögerns gab er sich schließlich einen Ruck und ging auf die Tür zu. Auf dem Klingelschild war mit schwacher, krakeliger Schrift der Name »Schmitz« geschrieben. Franz zögerte weitere Minuten, bevor er schließlich den Finger auf den Knopf presste.

Sie spähte durch den schmalen Türspalt und blickte ihn verwundert durch die dicken Brillengläser an. Als sie begriff, wer er war, begannen ihre Lippen zu zittern.

»Oh nein«, flüsterte sie angstvoll. »Sind Sie der Franz? Stimmt es? Sind Sie mir gefolgt?«

Mit sanfter Gewalt schob er die Tür auf.

»Tun Sie mir bitte nichts«, wimmerte sie und wich mit unsicheren, tastenden Schritten zurück. »Ich habe doch selber nichts. Das mit dem Telefon war eine Dummheit. Ich habe in meiner Not geglaubt, ich könnte das ja mal versuchen. Es steht immer überall in den Zeitungen. Bitte, bitte tun Sie mir nichts. Ich wollte doch nichts Böses.«

Der Hausflur war dunkel, und es roch muffig. Im Hintergrund rauschte etwas.

»Ich wollte doch mal wissen, wie meine Oma so lebt«, sagte Franz und betrachtete ihren Mantel und ihre Mütze, die an einer altmodischen Garderobe hingen. Dann wandte er sich zu ihr um. »Keine Sorge«, sagte er und erlaubte sich ein Lächeln. »Der kleine Telefonstreich bleibt unter uns.«

Sie schloss die Augenlider und ließ geräuschvoll die Luft aus ihrem runzligen Mund entweichen. »Gott sei Dank«, flüsterte sie. Ihre Hände flatterten zitternd umeinander. Dann lächelte auch sie. »Ich habe gerade Wasser aufgesetzt, um mir einen Kaffee zu machen. Es ist nur löslicher. Möchten Sie auch einen?«

Franz tastete in der Tasche seines Parkas nach den drei Zehnern. »Gern«, sagte er. »Ich trinke auch nur löslichen Kaffee.«

Wenig später saßen sie sich in ihrem kleinen Wohnzimmer gegenüber. Franz auf dem zerschlissenen Sofa, seine Gastgeberin auf einem Küchenstuhl mit rostfleckigen Metallbeinen. Der Kaffee schmeckte scheußlich, aber das war Franz gewöhnt.

»Haben Sie es gleich gemerkt?«, fragte die alte Frau. »War ich nicht überzeugend?«

»Klar hab ich das gleich gemerkt, ich bitte Sie. Der Enkeltrick funktioniert so nicht«, erklärte er grinsend und ließ den Blick über die Bilder an der Wand schweifen. Ein paar Schwarz-Weiß-Fotografien, ein großer, kitschiger Druck einer Schwarzwaldlandschaft, der obligatorische Apotheken-Kalender. »Wissen Sie, es sind nicht die Omas, die ihre Enkel anrufen.«

»So?« Sie blickte ihn über den Rand ihrer Kaffeetasse an. »Ich dachte immer …«

Franz lachte. »Nein, nein, darauf fällt keiner rein. Die Enkel rufen die Omas an, so läuft das. Hallo Oma, hier ist der Franz. Dein Lieblingsenkel, weißt du? Ich brauche deine Hilfe. Ganz schnell, Oma, ich bin da wirklich in einer Notsituation.«

Sie kräuselte die Lippen und senkte die Augenbrauen. »Das klingt aber auch nicht sehr überzeugend.«

»Natürlich muss man das spielen«, sagte er großspurig. »Das muss man schon richtig draufhaben. Wie man immer wieder liest, klappt das ja oft genug. Und man geht nicht selber hin, um das Geld zu holen, sondern man schickt jemand anders, sonst fällt es ja gleich auf, dass der Enkel nicht echt ist. So läuft das mit dem Enkeltrick. Aber eine Oma, die ihren Enkel anruft ...« Er lachte auf. »So was Verrücktes, also wirklich.«

»Aber was ist denn daran so verrückt?« Sie legte den Kopf schief.

»Na, ich bitte Sie. Wer soll denn auf so was reinfallen?«

»Sie meinen, die jungen Männer sind nicht so leichtgläubig?«

»Nie im Leben! Ich zum Beispiel ...« Der Kaffee schmeckte wirklich widerlich. Er schmatzte und fuhr sich mit dem Handrücken über die Lippen.

»Ja, Sie? Was ist mit Ihnen?«

»Also ich würde niemals auf so was reinfallen.« Seine Zähne fühlten sich ganz pelzig an.

»Aber Sie sind doch gekommen«, sagte die alte Frau unschuldig und trank an ihrem Kaffee, als sei es das köstlichste Getränk auf der Welt.

»Ja klar bin ich ... also zum Friedhof ... Ich wollte doch ...« Er schüttelte vor Abscheu den Kopf. »Hören Sie, hätten Sie wohl einen Schluck Wasser für mich? Dieser Kaffee ... Er schmeckt ... Mir ist ...«

Sein Blick wurde unscharf. Das Licht, das durch das Wohnzimmerfenster hereinfiel wurde immer greller. Ihm war heiß. Das Gesicht der alten Frau verschwamm, verzerrte sich. Ein Prickeln wie von elektrischen Stromstößen breitete sich in seinen Fingern aus. Er konnte die Tasse nicht mehr halten, das Atmen fiel ihm schwer. Er wollte vom Sofa aufspringen, hatte aber keine Gewalt mehr über seine Glieder. Mit einem Rauschen in den Ohren kippte er nach vorne um und sackte auf den Teppich. Er sah noch, wie die Alte sich lächelnd zu ihm hinunterbeugte, bevor er das Bewusstsein verlor.

Als er wieder zu sich kam, erkannte er zuerst etwas Metallenes um seine Handgelenke. Waren das Handschellen? Es machte ihm Mühe, den Blick zu schärfen. Ja, es waren eindeutig Handschellen. Er war festgekettet. An einen Stuhl. In einem ... Sein Kopf schmerzte, als er ihn nach rechts und links wandte ... in einem fensterlosen Raum. Einem Keller möglicherweise. Es gab keine weiteren Möbelstücke. Eine Betondecke, von der ein paar Spinnweben herabhingen. In einer Ecke im Halbdunkel erkannte er eine Toilettenschüssel und ein kleines Waschbecken. Er begriff einfach nicht, was geschehen war. Von der Decke drang gelbliches Licht aus einer schmucklosen Kellerlampe mit Drahtgitter. Er hatte immer noch den abscheulichen Geschmack des Kaffees im Mund. Er blickte an sich herunter. War das ein Frotteeschlafanzug? Die Farbe war nur schwer zu beschreiben. Oliv? Graugrün?

Was war geschehen? Wo war er? Wo war die Alte?

Gerade wollte er etwas rufen, als er hinter sich ein schnarrendes Lachen hörte. Er drehte den Kopf so weit es ging herum und sah sie in einem Türrahmen stehen.

Sie trug ein zweiteiliges Kostüm in Dunkelblau. Es stand ihr ausgesprochen gut. Sie sah darin um Jahre jünger aus. Die strähnigen, weißen Haare hatten sich in eine lässige Hochsteckfrisur verwandelt. Ihre Lippen waren blassrot geschminkt, und ein zarter Lidschatten verlieh ihrem Blick eine dezente Eleganz. Nichts erinnerte an die verkommene Alte, der Franz zu ihrer Behausung gefolgt war. Und doch war sie es, daran gab es keinen Zweifel.

»Ach, du bist süß, Junge, einfach süß.« Sie lachte wieder schnarrend. »Wie du vorhin versucht hast, mir den Enkeltrick zu erklären … putzig!«

Er ruckte an seinen metallenen Fesseln und spürte jetzt, dass auch seine Füße an dem metallenen Stuhl fixiert waren.

»Was soll das?«, keuchte er. »Machen Sie mich auf der Stelle los! Was haben Sie vor?«

»Oh, aber ahnst du das nicht, mein kleiner Franz? Du wirst mir zeigen, ob du es draufhast, kleiner Franz«, sagte sie und präsentierte ihm mit der Rechten ein schnurloses Telefon. »Ob du es überzeugend rüberbringen kannst. Ich tippe jetzt eine Nummer ein, und du wirst deine geliebte Oma anrufen.«

»Aber ich habe keine Oma!«

Als sie amüsiert ausrief: »Du hast viele Omas!«, begriff er. »Den Teufel werde ich tun!«

»Ich fürchte, du hast keine andere Wahl. Wenn du dich weigerst, geht es dir wie den anderen.«

»Den anderen?«

»Der Schlafanzug ist von meinem Enkel Bernd, die Socken an deinen Füßen sind von meinem Enkel Markus, und das da ...« Sie deutete auf einen dunklen, schwarz-roten Fleck auf dem unebenen Steinboden. »Das ist von meinem Enkel Stefan. Sie alle meinten irgendwann, es mit mir aufnehmen zu können. Vier, fünf Monate geht es immer leidlich gut mit den jungen Burschen, aber dann versuchen sie irgendwelche miesen Tricks am Telefon.« Fast beiläufig zog sie jetzt einen Revolver aus der Tasche ihrer Kostümjacke. »Na, und da fackele ich doch nicht lange. Es gibt genug Trottel, die auf ein Telefonat mit mir hereinfallen.«

Sie lachte wieder und warf den Kopf in den Nacken. »Also erklär du mir nicht, wie der Enkeltrick funktioniert!«

Franz starrte sie ungläubig an. War das ein Spiel?

Als er ihr in die Augen sah, erkannte er, dass es keinesfalls so etwas war wie ein Spiel. Ihr Blick war kalt und hart. Das Lächeln war aus ihrem Gesicht gewichen, als sie begann, eine Nummer auf dem Telefon zu tippen. »So, und jetzt wirst du telefonieren! Ich habe seit anderthalb Wochen keinen müden Cent mehr eingenommen. Wird Zeit, dass das Geschäft endlich wieder anläuft.«

Ene, mene, Mord

Borytscheff ist ein Widerling. Ein skrupelloses Ekelpaket. Ein stinkreicher Kotzbrocken. Eine widerliche Pestzecke. Und er hat viele, viele Feinde. Unheimlich viele Feinde.

Das, was jetzt passiert, musste ja irgendwann so kommen. Er hat das jahrelang regelrecht provoziert. Der Kasseler ist durch das Dachfenster eingestiegen, das hat Borytscheff blöderweise nicht ordentlich abgesichert, im Gegensatz zu allen anderen Türen und Fenstern der Riesenvilla. Da war er dann unvorsichtig, der Borytscheff. Na ja, hat er jetzt davon.

Es ging alles unglaublich fix. Er hat gar nichts gemerkt, hat nicht gesehen, wie der Typ reingekommen ist. Durchs Dachfenster, klar. Der Kasseler hat ihn erst mal mit einem Taser ruhiggestellt. Britzel, britzel … Sendepause. Der Kasseler will das heute so ein bisschen zelebrieren. Weil der Borytscheff so ein Dreckskerl ist – das haben auch seine Auftraggeber mit Nachdruck betont. Eben so eine Pissnelke, die ganzjährig blüht. Seine Auftraggeber, das sind ein paar Geschäftsleute, die sich nicht mehr länger drangsalieren lassen wollen. Aber Borytscheff hat nun mal jede Menge Material, mit dem er sie alle hochgehen lassen kann. Also muss er stillgemacht werden. Für immer. Und da haben sie sich für den Kasseler entschieden, der ist nicht übermäßig teuer, der ist auf dem Teppich geblieben. Auf dem Teppich bleibt jetzt auch Borytscheff. Bewegungslos und total weggetreten. Der Kasseler heißt nicht etwa so, weil er aus Kassel kommt, sondern weil seine Haut so schön rosig ist.

Er beugt sich über den Körper vom Borytscheff, der nur mit einer Boxershorts bekleidet ist. Borytscheff ist gerade erst aufgestanden und ist anscheinend im Begriff gewesen, sich Frühstück zu machen. Ein Smoothie aus Gurken, Äpfelchen und Staudensellerie. Seine Frau ist auf Sylt, das Mäuschen vom Escort-Service hat er gegen zwei Uhr nachts heimgeschickt. Keiner sonst im Haus. Prima Arbeitsbedingungen für den Kasseler. Er ist echt nicht der Hellste, ist wirklich wahr. Manche sagen, er sei so doof wie zwei Reihen Salat, aber er erledigt seine Arbeit meistens zur Zufriedenheit seiner Auftraggeber. Bisschen brutal manchmal, aber das ist die persönliche Note. Muss man mögen.

Borytscheff liegt also bewusstlos auf dem kleinen Läufer auf dem schönen Parkettboden mit dem alten Fischgrätmuster. »So, du Arschnase«, sagt der Kasseler und nimmt Borytscheff das Telefon aus der Hand, mit dem der noch versucht hat, die Polizei zu rufen. »Jetzt präsentiere ich dir mal meine Angebotspalette.« Angebotspalette klingt gut, das hat er mal in der Bäckerei gelesen. Muss er sich merken, wenn er irgendwann mal ein Firmenfaltblatt macht oder so was. »Wir fangen mal mit den Fingern an. Ich wollte schon immer mal rausfinden, wie oft man so 'nen Knochen brechen kann.«

Statt einer Erwiderung hört der Kasseler nur ein schnaufendes Atmen. Mit einem kleinen Rasseln drin. Und es pfeift auch ein bisschen.

Und er hört da noch was anderes. Kommt nicht vom Borytscheff, sondern aus einer anderen Zimmerecke. Dabei sind sie doch allein. Komisch.

Als er sich rumdreht, steht da eine Frau, direkt unter dem offenen Dachfenster. Ist die etwa auch da reingekommen? Sie hat kurzes, raucherfingerblondes Haar und steckt in einer eng anliegenden, anthrazitfarbenen Lederkombi. Die Hände hat sie in die Seiten gestemmt. »Nee, ne? Der Kasseler! Das glaub ich jetzt nicht!«

Er glotzt sie ungläubig an. »Hackepetra? Du hier?«

Man kennt sich natürlich in der Branche. Hilft sich auch schon mal, wenn einer ausfällt. Grippe oder Heuschnupfen oder so.

»Ja, allerdings«, sagt Hackepetra mit gefährlichem Unterton. »Ich bin wegen Borytscheff hier. Kannste dir denken, oder?« Sie zeigt nach oben. »Das Dachfenster hat er nicht ordentlich gesichert.«

Während sie redet, hat sie ein Messer aus einem Schaft am rechten Unterschenkel gezogen. Es ist eine Klinge, die so dünn ist, dass man sie gar nicht sieht, wenn man von vorne draufguckt. Hackepetra geht mit wiegendem Schritt auf Borytscheff zu. Sie tippt ihm mit dem Fuß gegen den Kopf. Borytscheff stöhnt. »Lebt ja noch. Glück gehabt. Ich dachte schon, ich käme zu spät.«

»Zu spät?«

»Um ihn kaltzumachen.« Sie beugt sich nach unten und holt mit dem Messer aus.

»Halt, halt, halt, Mädchen.« Der Kasseler packt Borytscheff bei den Füßen und zieht ihn ihr unterm Messer weg. »Das ist mein Job.«

»Wo steht das?«

»Der ist ein paar Firmenchefs im Weg, und die haben zusammengelegt und mich geschickt.«

»Tja, und mich schickt die Exfrau. Also die vorletzte. Die mit der schiefgelaufenen Schönheits-OP. Und bevor wir hier jetzt lange rumdiskutieren: Ich habe einen unterschriebenen Vertrag. Ohne Rücktrittsklausel. Die können mich haftbar machen, wenn ich nicht liefere. Kann man nix dran machen.«

»Ich glaube, es hackt! Ich war zuerst da!«

»Genau, es hackt.« Hackepetra holt wieder mit dem Messer aus.

Er packt sie grob bei der Schulter. So was kann sie ja gar nicht leiden. Da geht die Stimmungskurve ganz schnell ganz steil nach unten.

Sie tritt ganz nahe an ihn heran. Nasenspitze an Nasenspitze stehen sie da. Er riecht übrigens auch ein bisschen nach Kasseler. »Pass mal auf, du Heiopei, ich hab weder die Zeit noch die Buntstifte, dir das zu erklären. Das hier ziehe ich durch. Ich, kapiert?«

Da ist mit einem Mal eine undeutliche Bewegung. Sie sind Profis, sie sehen das sofort. Da draußen ist einer.

Ja wirklich, sie sehen ganz deutlich einen in der Morgensonne auf der Terrasse vor dem großen Panoramafenster stehen. Er starrt sie mit geweiteten Augen durch die Scheibe an. Sie starren ungläubig zurück. Gibt's doch gar nicht.

»Stradivari?« fragen sie im Chor.

Ja, es ist Kollege Stradivari. Er lächelt schief und winkt ihnen zaghaft zu. Er trägt eine schlabbrige Jeans und eine speckige Lederweste. Man kann auf der Brust den Ansatz seines Pistolenhalfters erkennen.

Er wirkt ein bisschen ratlos. Sie deuten beide synchron mit dem Zeigefinger über ihren Köpfen zum Dachfenster.

Er kapiert, nickt und verschwindet aus ihrem Blickfeld.

Wenige Minuten später stehen sie schließlich zu dritt um den immer noch am Boden liegenden Borytscheff herum. Die Situation ist irgendwie peinlich. Klar, damit hat keiner gerechnet.

Borytscheff beginnt sich langsam wieder zu bewegen. Das mit dem Taser hält nicht ewig.

»Und jetzt?«, fragt der Kasseler und zieht eine Schnute. Irgendwie verliert er gerade ein bisschen den Spaß an der Sache. Aber Auftrag ist Auftrag. Und von irgendwas muss er ja Frau und Kinder ernähren. Und das Kaninchen. Und die Emmelie will jetzt auch noch ein Pferd.

»Also, passt mal auf, Leute«, sagt Stradivari und gähnt so sehr, dass der Kiefer fast aus den Gelenken springt. »Das soll eigentlich mein letzter Auftrag vor den Sommerferien sein. Ich brauche dringend Erholung. Der Schichtdienst macht mich nämlich echt fertig.«

Der Kasseler lacht nervös auf, und seine Backen glänzen rosig.

»Ja, von wegen, kannste knicken«, sagt Hackepetra ätzend. »Hab ich diesem Trottel auch schon erklärt. Das ist ab jetzt meine Kiste hier.«

»Von wegen!« Der Kasseler ballt die Faust. »Guck doch, ich hab doch schon angefangen! Oder meinst du vielleicht, der hat sich von alleine hier so schön auf den Perser gelegt?«

Sie lacht abfällig. »Ach ja?« Aus einer anderen Tasche ihrer Lederkombi holt sie Kabelbinder hervor. »Das ist doch echt Schlamperei, der zappelt doch schon wieder rum!« Ruckzuck hat sie Borytscheffs Beine und Arme zusammengeschnürt. Borytscheff stöhnt gepeinigt auf. »So, siehste, und jetzt hab ich nämlich auch schon mal angefangen.« Und während sie sich wieder aufrichtet, knurrt sie: »Du bist so doof, du fragst dich auch, warum Eimer unten zu sind, ne?«

Der Kasseler hat jetzt die Schnauze voll und will auf sie losgehen. Ist ihm egal, ob das eine Kollegin ist oder nicht. Und er schlägt auch Frauen, wenn's sein muss. Bevor es eskaliert, geht Stradivari dazwischen. Nicht sehr energisch, eher kraftlos. Hilft trotzdem. Er sieht wirklich sehr müde aus. »Hört mir mal zu, Leute. Stand der Dinge: Augenringe. Ich hab ganz schlecht geschlafen, ich muss wirklich dringend in die Heia, und ich muss heute unbedingt noch diesen Typ im Auftrag seiner eigenen Parteikollegen neutralisieren. Also mach ich das jetzt schnell zu Ende, capito?« Er hat von irgendwoher Klebeband hervorgezaubert und pappt Borytscheff einen breiten Streifen über den Mund. Dann zieht er ganz gemächlich die Wumme aus dem Holster, und Borytscheff beginnt in diesem Moment, heftig zu schnaufen.

»Untersteh dich!«, fährt der Kasseler ihn an. »Du machst da kein Loch rein in den!«

Hackepetra presst die Hände gegen die Schläfen. »Moment, Moment, Moment, Jungens! Jetzt mal ganz ruhig. Wir sind hier weit und breit die Besten, stimmt's?«

Sie nicken.

»Immerhin haben sie uns all drei auf diese Ratte angesetzt, stimmt's?«

Sie nicken wieder.

»Da müssen wir doch eine Lösung finden. Wir brauchen einen Plan. Was Cleveres. Was Ausgefuchstes!«

»Ich weiß was!« Es kommt überraschend, aber der Kasseler hat plötzlich eine Idee. Das passiert nicht oft. Manchmal denkt er, es wäre eine, stimmt dann aber gar nicht.

»Wir zählen ab!«

Die beiden starren ihn an.

»Ja, wir zählen ab, wie früher, bei Blindekuh!«

Hackepetra ist fassungslos. »Sag mal, ich glaube, bei dir war die Kühlkette ein paarmal unterbrochen.«

»Doch, doch, das ist total gerecht!« Der Kasseler findet seine Idee super.

Stradivari winkt träge ab. »Ja, okay, einverstanden, meinetwegen. Hauptsache es geht jetzt endlich voran. Ich bin so verdammt müde. Dauernd muss ich gähnen. Ich bin vorhin beim Duschen fast ersoffen.«

Der Kasseler legt los und stupst bei jeder Silbe mit seinem rosigen Zeigefinger:

»Ich und du,
Müllers Kuh,
Müllers Esel,
der bisdu.«

Stradivari hebt zum Protest die Hand. »Nee, nee, nee, Freundchen. Du pfuschst! So läuft das nicht. ›Bist du‹ sind zwei Wörter.«

»Eins!«

»›Bist‹ und ›du‹ – zwei Wörter, nicht eins!«

»Oh wohl! Neue deutsche Rechtschreibung!«

Hackepetra stampft wütend mit dem Fuß auf. »Ich fass es nicht. Mann, ist der Typ hohl. Bei dem ist der Kopf nur die Sicherheitskopie vom Arsch!«

Stradivari stößt den Kasseler zur Seite.

»Also, ich mach das jetzt mal:

Eine kleine Dickmadam

zog sich eine Hose an.

Doch die Hose krachte.

Dickmadam, die lachte.

Zog sie wieder aus, und du bist raus.«

»Meinst du jetzt mich, oder was?«, keift Hackepetra. »Dickmadam? Geht's noch?« Sie fuchtelt mit dem Messer durch die Gegend. »Das übernehme ich, ihr Nieten!

Little Joe

sitzt auf'm Klo,

steckt den Finger in den Po.

Zieht ihn wieder raus,

und du bist raus!« Sie zeigt auf Stradivari.

Der Kasseler jubelt schon, aber Hackepetra legt noch schnell nach:

»Raus bist du noch lange nicht,

sag mir erst, wie alt du bist!« Der Finger landet bei dem Kasseler.

»Ich? Äh … achtundvierzig.«

Sie zählt los, der Finger geht hin und her: »Eins, zwei, drei …«

Der Kasseler ist raus.

»Eh, das ist voll unfair! Ich bin neunundvierzig. Eigentlich. Nächsten Mittwoch hab ich Geburtstag, und dann bin ich neunundvierzig!«

Das Röcheln und Schnaufen von Borytscheff zu ihren Füßen ist immer lauter geworden. Er zuckt und windet sich. Gesund sieht das alles irgendwie nicht aus. Und es klingt auch nicht gut. Aber es hört ja in diesem Moment dann auch ganz plötzlich auf.

Sie sind still und betrachten ihn eingehend. Da regt sich gar nichts mehr.

Stradivari beugt sich schließlich zu ihm hinunter und fühlt am Hals. »Och, guck mal an. Tot.«

»War ich!«, sagt der Kasseler und wirft sich in die Brust. »Mit dem Taser nämlich!«

»Von wegen! Weil ich ihm den Mund zugeklebt habe!« Stradivari wirkt jetzt irgendwie gar nicht mehr so müde wie vorhin.

»Ach ja? Aber das Pflaster hat er ja wohl wegen meinem Kabelbinder nicht abmachen können!« Trotzig stemmt Hackepetra wieder die Hände in die Seiten und reckt das Kinn nach vorne.

Das sieht nicht schön aus, wie Borytscheff da liegt. Verdrehte Augen hat er. Und völlig verkrümmt ist er. Von friedlich eingeschlafen kann da keine Rede sein. Aber immerhin ist er jetzt so tot, wie man das von ihnen verlangt hat. Wenigstens etwas.

»Hmmm, jetzt müsste ich für die Politiker hier so'n Bekennerschreiben von der Opposition hinlegen.« Stradivari zieht einen DIN-A4-Zettel aus der Innentasche seiner schlabbrigen Weste. Obendrüber steht in fetten Buchstaben »Bekennerschreiben«.

»Und ich soll für seine Ex-Ex ein Körperteil abschneiden«, sagt Hackepetra grimmig.

Der Kasseler brummt: »Meinen Leuten reicht ein Bündel Hunnis, das ich ihm in den Mund stopfen soll.« Er zieht eine Rolle Geldscheine aus der Tasche.

»Scheiße, das können wir nicht alles auf einmal machen«, murmelt Stradivari und reibt sich das Kinn. »Bekennerschreiben, Nase ab, Geld im Maul – das sieht doch ein Blinder, dass da nicht nur einer von uns am Werk war.« Er guckt die anderen auffordernd an. »Wir müssen uns entscheiden. Wer von uns war's denn jetzt?«

»Wie sollen wir das denn entscheiden?« Hackepetra klingt inzwischen echt nölig.

Der Kasseler stöhnt resigniert, stellt sich in Positur und fängt mit leierndem Tonfall wieder an:

»Ene mene mopel,
wer frisst Popel?
Süß und saftig,
für eine Mark und achtzig,
für eine Mark und zehn,
und du darfst gehn.«

»Mark, Mark, Mark ... Wir haben Euro!« Mit Stradivari gehen jetzt offenbar so langsam die Nerven durch. Man kennt das ja: Nach müde kommt blöd. Wie bei kleinen Kindern, die nicht ins Bett kommen. Er plustert sich auf und lässt den Zeigefinger kreisen:

»Feuersalamander,
Beine auseinander,
Beine wieder zu,
und raus bist du.«

Das ist jetzt zu viel für Hackepetra. »Sag mal, Beine auseinander? Hör mit deiner sexistischen Scheiße auf, du Honk!« Sie stößt die beiden grob beiseite.

»Ich bin dran!
Caterina Valente,
ein Arsch wie eine Ente,
ein Bauch wie eine Kuh,
und raus bist du.«

Das reicht jetzt! Der Kasseler ist schon wieder raus. Er packt Hackepetra mit einem wilden Aufschrei bei der Gurgel. Die versucht hektisch, mit dem Messer zuzustechen. Stradivari legt den Finger an den Abzug seiner Pistole und zielt zwischen ihren Köpfen hin und her.

Da kommt plötzlich eine laute, blecherne Stimme irgendwo aus dem Hintergrund:

»Eins, zwei, drei,
hier kommt die Polizei!«

Sie schauen sich hektisch um. Draußen vor dem Fenster steht plötzlich mindestens ein Dutzend Bullen. Am Küchenfenster sehen sie auch welche. Und an der gläsernen Haustür am Ende des Flurs. Jetzt hangeln sich bereits zwei durch das Dachfenster zu ihnen hinunter.

»Fangt schon an zu zittern,
ihr landet hinter Gittern.«

Und dann macht Stradivari eine falsche Bewegung. Eigentlich will er nur beim Gähnen die Hand vor den Mund halten, wie sich das gehört. Aber darin hat er noch immer die Pistole. Und die ersten Schüsse lassen die riesigen Fensterscheiben zerbersten. Die Bullen ballern aus allen Rohren. Mit einem lauten Gähnen bricht Stradivari zusammen, Hackepetra fällt auf die Knie und kippt mit dem Gesicht nach unten auf das Parkett. Beide sind auf der Stelle tot.

Der Kasseler landet mitten auf der Leiche von Borytscheff und röchelt mit letzter Kraft:

»Ene, mene, meck,
und ich bin weg.«

Besser tot als neu geboren

Die Ehe der Konopkas konnte man getrost mit einem Bummelzug vergleichen, der gemächlich Kilometer um Kilometer zurücklegte, Tag für Tag dieselbe Strecke, der stoisch seinen Fahrplan verfolgte, den Stürme und Unwetter, Eis und Schnee zwar manchmal ein bisschen aus dem Takt gerieten ließen, der aber seit fast vierzig Jahren immer wieder seinen Zielbahnhof erreichte und am Morgen dann wieder zeitig auf den Schienen war.

Die wenigen Urlaube, die die Konopkas sich gönnten, führten sie meist in den Schwarzwald, an die Nordsee oder in das benachbarte europäische Ausland. Reisen mit dem Flugzeug kamen nicht infrage, denn Sonja Konopka litt unter Flugangst. Sie war alles in allem eine recht ängstliche Frau, die sich ungern auf unbekanntes Terrain wagte.

Umso mehr überraschte sie ihren Gatten Klaus bei einem Besuch der Insel Juist mit dem Wunsch: »Lass uns doch mal da vorne um die Dünen gehen.«

»Warum?«, fragte Klaus mit einem Stirnrunzeln. »Wir spazieren doch immer geradeaus, und dann kehren wir dort hinten ein und essen Stuten mit Butter.«

»Heute möchte ich gerne einmal rechts rum.«

Es gab nichts dagegen einzuwenden, und so erfüllte Klaus seiner Frau den harmlosen Wunsch. Er ahnte zu diesem Zeitpunkt noch nicht, was er damit auslöste.

Sie fanden sich schon wenige Minuten später an einem Stück Strand wieder, das sie jahrelang nicht beachtet hatten.

Sonja Konopka griff nach der Hand ihres Gatten. »Spürst du auch etwas?«, fragte sie ein wenig atemlos vor Aufregung.

»Bisschen frisch«, brummte Klaus. »Morgen zieh ich meinen Blouson an.«

»Nein, etwas anderes«, hauchte seine Frau. »Ich erkenne das alles hier. Ich bin schon einmal hier gewesen.«

»Wir waren noch nie hier.«

»Ich schon.«

Er schnaubte amüsiert. »Wann denn, bitte schön?«

»Ich weiß nicht. Ich spüre es jedenfalls. Ich war schon einmal hier.«

»Du hast so ein Dings … ein Déjà-vu.«

»Ein was?«

»Das hat was mit dem Gehirn zu tun. Da sind Kurz- und Langzeitgedächtnis irgendwie nicht richtig eingestellt. Und jetzt komm, ich habe Hunger.«

Nur zögernd folgte sie ihrem Mann und warf noch einmal einen sehnsuchtsvollen Blick zurück aufs Meer. »Ein Fischerboot«, murmelte sie leise. »Ich habe auf ein Fischerboot gewartet, aber es kam nicht.«

Ihr Mann grunzte nur verständnislos.

Die Erinnerung an diesen kleinen, sonderbaren Zwischenfall verschwand so schnell wie die Urlaubserholung. Schon eine Woche später nahm der Alltag sie wieder vollkommen für sich in Anspruch.

Und die Sache wäre vermutlich auch nie wieder erwähnt worden, wenn Frau Konopka sich nicht eines Abends vor dem Fernseher plötzlich starr in ihrem Sessel aufgerichtet hätte. »Klaus«, sagte sie leise.

»Hm?«

»Klaus, diese Küche, das …«

Sie sahen sich eine Dokumentation über deutsche Adelshäuser an. Die Moderatorin führte die Zuschauer gerade durch die Schlossküche von Neuschwanstein.

»Du willst jetzt keine neue Küche oder so was?«

»Nein, nein … Ich bin mir sicher, dass ich schon mal in einer solchen Küche gearbeitet habe!«

»Was?«

»Ja, die kupfernen Kessel, die Feuerstelle. Ich habe mir einmal den Daumen verbrannt. Ich spüre es.« Sie knetete die Finger ihrer Linken.

Ihr Mann stellte den Ton des Fernsehers leiser, schaltete die Stehlampe ein und betrachtete seine Frau mit ernster Miene. »Geht's dir gut?«

»Mir geht es gut, aber ich habe da so eine Erinnerung, weißt du. Es ist wie neulich, als wir auf Juist, am Strand …«

»Dein Déjà-vu.«

»Kein Déjà-vu. Ich erinnere mich wirklich, Klaus, hörst du, wirklich!«

»Quatsch«, sagte er und stellte den Fernseher wieder lauter.

»Oh doch«, flüsterte sie leise.

Eines Morgens betrachtete sie ihr Frühstücksei und fragte ihren Mann: »Hast du schon mal ein Huhn getötet?«

Klaus Konopka blickte von seiner Zeitung auf. »Ein Huhn?«

»Ja, ein Huhn, hast du schon mal eins getötet?«

»Natürlich nicht.« Sein Blick suchte bereits wieder nach der Zeile im Text, um weiterzulesen.

»Ich schon«, sagte seine Frau und nickte energisch. »Ich habe ihm den Hals rumgedreht. Mit beiden Händen habe ich zugepackt und dann so eine Bewegung gemacht, weißt du, als würde ich einen Putzlappen auswringen.«

»Hm, ja …« Klaus Konopka hörte schon nicht mehr zu.

Sonja Konopka köpfte ihr Ei und biss dabei die Zähne ganz fest zusammen.

Im Herbst besuchte sie einen Vortrag über Reinkarnation. Ihrem Mann erzählte sie, sie gehe zur Tanzgymnastik. Was die Therapeutin an diesem Abend erzählte, war für Sonja Konopka die Bestätigung, dass es sich bei den zahlreichen Erlebnissen der vergangenen Monate nicht nur um gewöhnliche Déjà-vus gehandelt hatte, wie ihr Mann das behauptete. Sie hatte ihm irgendwann gar nicht mehr von ihren Empfindungen erzählt. Sie hatte Träume gehabt, in denen sie durch eigentlich fremde Städte gegangen war, in denen sie sich plötzlich bestens auskannte. Ganz real wirkende Träume, in denen jede Toröffnung, jede Kreuzung und jede Brücke ganz scharf vor dem inneren Auge gestanden hatten. Aber das waren natürlich nur Träume gewesen.

Doch nicht nur in der Nacht, sondern auch am Tag waren Dinge geschehen. Auf dem Markt hatte ihr eine Verkäuferin eine Tüte Äpfel gereicht, und sie hatte ihren eigenen Mantelärmel gesehen, und er war mit einem Mal bestickt mit Ornamenten aus Goldfäden und kleinen Glitzersteinchen. Wie der Mantel einer Königin. Sie hatte plötzlich so eine Ahnung, schon einmal jemanden zum Tode verurteilt zu haben.

Die Marktfrau schaute sie an, als sei sie nicht ganz richtig im Kopf.

Ein anderes Mal spürte sie während der Fahrt in der Straßenbahn plötzlich einen sanften Druck von innen gegen ihre Schenkel, und sie hatte das Gefühl, sie reite durch die Straßen der Stadt, hoch oben auf einem schwarzen Wallach. Sie konnte das Pferd riechen, seine Mähne spüren, als sie mit der Hand danach fasste. Das Tier hatte Pablo geheißen. Sie war sich ganz sicher.

Sie stürmte eines Sonntagmorgens in den Keller ihres Hauses, weil sie die Sirenen des Fliegeralarms hörte.

Eines Nachts schlich sie sich mit dem Spaten in den Garten, um im Gemüsebeet nach einer Kassette voller Goldstücke zu graben.

Sie erwischte sich dabei, wie sie aus heiterem Himmel begann, Indisch zu reden.

Sie kochte eines Abends Fisch auf afrikanische Art, was nicht nur sie selbst verwunderte, sondern auch ihren Mann Klaus verärgerte.

Sie schlief jetzt häufig im Schneidersitz.

Und seit diesem Vortrag über das Phänomen der Wiedergeburt wusste sie plötzlich, dass all dies Dinge aus ihrem früheren Leben waren. Nicht aus einem Leben, sondern aus mehreren, aus denen, die sie in den vergangenen Jahrhunderten, ja vielleicht Jahrtausenden geführt hatte.

Eines Abends beschloss sie, ihren Mann in ihre Erkenntnisse einzuweihen, denn immerhin beobachtete Klaus Konopka die seltsame Verwandlung seiner Frau seit geraumer Zeit mit zunehmender Besorgnis.

Sie begann ihre Erklärung mit den Worten: »Es sind alles nur Bruchstücke, aber ganz sicher bin ich mir zum Beispiel, dass ich einmal als jüngstes Kind einer großen Familie in einem Bergdorf in den Schweizer Alpen geboren wurde«, und endete mit: »Dass ich später einmal eine Königin war, halte ich für sehr wahrscheinlich. Es könnte das England des zu Ende gehenden Mittelalters gewesen sein. Oder aber Holland. Ja, Holland ist wahrscheinlicher. Ich glaube, ich kann sogar mit einem Gewehr umgehen.«

Und dann betrachtete sie ihren Mann lächelnd und mit schief gelegtem Kopf. Wie würde er reagieren? Eine beklemmende Stille breitete sich im Wohnzimmer aus.

Schließlich stemmte sich Klaus Konopka mit einem tiefen Seufzer aus seinem bequemen Fernsehsessel in die Höhe und blickte sich suchend im Raum um.

»Du glaubst mir doch, oder?«, fragte Sonja Konopka unsicher.

Er nickte bedächtig. »Natürlich, natürlich«, murmelte er und ließ weiter den Blick schweifen. »Reinkarnation … Bauernfamilie … Bergdorf … Schweiz … klar.«

Und schließlich schien er gefunden zu haben, wonach er gesucht hatte. Ein großes Brokatkissen auf einem Sessel beim Fenster. Er wog es prüfend in den Händen und näherte sich seiner Frau von hinten.

»Die meisten Menschen wissen es kaum«, plauderte Sonja Konopka. »Wir alle haben schon einmal gelebt. Als Magd, als Kräuterfrau, Soufragette oder Krankenschwester. Oft haben wir sogar mehrmals gelebt. Nur erinnern wir uns kaum an all das, was schon so lange zurückliegt. Wir müssten uns eigentlich viel intensiver damit beschäftigen. Denk doch nur mal, wie schön es wäre, wenn wir uns alle an unsere früheren Leben erinnern könnten! Was für ein reicher Schatz das wäre!«

Er unterbrach sie nicht, ließ sie den Gedanken zu Ende formulieren und drückte ihr erst dann das Kissen aufs Gesicht. Sie war viel zu überrascht, um sich schnell genug zu wehren, und versuchte nur ungelenk, ihn wegzustoßen. Aber er presste sie mit unerbittlicher Kraft gegen die Rückenlehne des Sofas. Klaus Konopka drückte und drückte und ließ nicht los.

Erst als ihre Schultern und Arme eine gefühlte Ewigkeit später schlaff herabhingen, nahm er das Kissen weg, und sie sackte seitlich auf die Sitzfläche. Ihr Gesicht war blau angelaufen, ihre Zunge quoll aus ihrem Mund hervor wie ein kleines, nacktes Tier, das aus seinem Erdloch herausguckte. Ihre Augen waren weit aufgerissen.

Er drückte sie nicht gleich zu, sondern betrachtete sie noch einen Moment lang traurig.

Früher, das wusste er, früher hatte ihm dieser Anblick immer einen genüsslich warmen Schauder über den Rücken gejagt.

Es hatte ihm Genugtuung bereitet zu morden. Aber das war schon lange her. In Paris war es gewesen, so viel wusste er. Sicher zwei Dutzend Frauen hatte er auf diese Weise getötet.

Aber das war in einem früheren Leben gewesen, in einem Leben, das er schon lange wieder erfolgreich in der Vergangenheit begraben, dessen Erinnerung er mit großer Mühe wieder ausgelöscht hatte.

Heute war er Klaus Konopka, heute lebte er in Deutschland, und heute regierte auch nicht mehr Ludwig XIV.

Er seufzte wieder und schloss seiner Frau endlich die Augen.

Hätte sie doch bloß nicht mit diesem Mist angefangen.

Ein kalkulierter Abgang

Bei Ruth und Anton Scholz,
dort oben, weit im kühlen Norden,
ist früh schon strikte Sparsamkeit
zum wahren Lebenszweck geworden.
Die beiden knausern dauernd hier
und knickern täglich da,
durchforsten alle Angebotshefte
und heizen nur bis Februar.

Sie gießen die Teebeutel zweimal auf
und essen Kartoffeln mit Schale,
die Zahnseide und auch die Filtertüten
benutzen sie zahllose Male.
Ihre Socken bestehen fast ausschließlich
aus kunstvoll gestopften Stellen.
So verläuft ihr Dasein sparsam und karg
und fast ausschließlich im Hellen.

Doch im fortgeschrittenen Alter,
da geht plötzlich ein Licht ihnen auf:
Das Leben nimmt für sie von nun an
nur noch einen kurzen Verlauf.
Und als sie sich mit einem Mal
das nahende Ende besehen,
da sagen sie sich, es wäre doch klug,
am besten gemeinsam zu gehen.

Mit einer einzelnen Bestattung,
für sie zusammen abgehalten,
würde ihr lebenslanger Geiz
auch noch beim Schlussakt walten.
Doch kennen wir weder Tag noch Stund',
zu dem wir durch die Pforte schreiten.
Drum haben die beiden beschlossen,
das alles auf künstlichem Weg einzuleiten.

Ein giftiger Cocktail, noch mal angestoßen,
zusammen ausgetrunken,
ein letzter Blick und dann zur letzten Ruhe
in den Sarg gesunken.
So kalkulieren Ruth und Anton
kühl den allerletzten Gang.
Der Sarg aus Sperrholz, keine Blumen,
weder Orgel noch Gesang.

Knapp ist das Budget.
Der Plan, mit spitzem Stift entworfen, reift.
Günstige Gelegenheiten sparen Geld,
wo man zeitig nach ihnen greift.
Wer früh schon Särge kauft,
kann manches Sonderangebot erhalten.
Zur Grabeinfassung kann beizeiten man
nach alten Ziegeln Ausschau halten.

Auch ein Bestattungsunternehmer
steht gewöhnlich billiger bereit
in der alljährlich vorausahnbaren
Sauregurkenzeit.
Endlich steht der Tag,
und auch die Stunde ist nun festgeschrieben.
Jetzt ist den beiden nur noch
dieser allerletzte Schritt geblieben.

Und Ruth und Anton stoßen an
und flüstern ein letztes Adieu
und setzen an, da fährt die Ruth
plötzlich gepeinigt in die Höh.
Halt, noch nicht! So zeigt es sich für sie
mit einem Mal voller Klarheit!
Dies ist ein Akt sinnloser Verschwendung,
begreift sie jetzt die ganze Wahrheit.

Der Heizöltank ist noch halb voll,
der Strom für Monate bezahlt.
Im Eisschrank liegen Fritten, Fisch,
Strudel und Gemüse kalt.
Der Vorratsschrank voll Reis und Nudeln,
gebunkert für den Fall der Not.
Und auch Toilettenpapier ist dort gestapelt.
Das war im März im Angebot.

Kaminholz reichlich noch im Schuppen
und auch viel Streusalz für den Winter,
und vier fast nagelneue Sommerreifen
lagern noch dahinter.
Kaum benutzt die Schwimmbad-Jahreskarte,
der Ausweis von der Bücherei.
Und auch das säuberlich vollgeklebte
Rabattmarkenheft liegt dabei.

Ruth stellt beiseite den Schierlingstrank
und tastet nach ihrem Gemahl.
Dort ist kein Puls mehr, er wird kalt.
Sein Gesicht ist schon aschfahl.
Erst weint sie, aber dann lächelt sie schon.
Die Gelegenheit gab es noch nie.
Der Anton, der wäre jetzt eingespart,
noch billiger wird alles jetzt für sie!

Nachbarschaftshilfe

Gute Güte, war das schön. Ein weiterer warmer Sommertag. Die Vögelchen tummelten sich ringsum im Gesträuch, die Sonne stand schon tief.

Anton Bläulich hatte einfach nach einer halben Stunde mit dem Rasenmähen aufgehört und es sich stattdessen unter dem großen Sonnenschirm bequem gemacht. Ein kleines Kännchen Kaffee hatte er aufgeschüttet, und ein Stückchen von dem aufgetauten Heidelbeerkuchen wartete auf seinem Tellerchen darauf, von ihm verputzt zu werden. Ein Stückchen des Rasens hatte er gemäht, aber dann war es ihm plötzlich wie Verschwendung vorgekommen, die Zeit mit Rasenmähen zu verbringen. Das konnte warten. Ihn trieb ja niemand an. Herr Bläulich fühlte sich rundum wohl. Ob er sich was zu lesen holen sollte? Wie lange hatte er nicht mehr einfach so dagesessen und ein Buch gelesen? Ach nein, er würde ein bisschen die Stille genießen. Die Kinder von den Dörrlebers spielten heute ausnahmsweise mal keinen Fußball und kreischten nicht herum, Frau Heimeling spielte kein Klavier, der ewige Student Klose schraubte mal nicht an seinem Mofa rum, und sein Köter kläffte ausnahmsweise auch nicht … Ein seltener Glücksmoment. Bläulich schloss die Augen und sog tief den Duft des frisch gemähten Grases ein.

»Huhu!« Die Stimme kam von dem kleinen Törchen am Ende des Gartens, der einzigen Stelle, an der das ringsum stehende Gesträuch aus Weißdorn, Forsythien und Sommerflieder unterbrochen war. »Huhu, Herr Bläulich!« Der Student. »Kann ich reinkommen?« Linkisch ruckelte er an dem Riegel herum und kletterte schließlich einfach über das kleine Tor drüber und kam auf Bläulich zugestakst. »Kleines Päuschen?«

»Ach ja«, sagte Anton Bläulich. »Ich dachte, ich habe mir ein Päuschen verdient.«

»Ganz richtig, ganz richtig. Muss man langsam machen, bei dem Wetter.« Er zwinkerte und setzte hinterher: »Man ist ja keine achtzehn mehr.«

Bläulich hätte fast etwas erwidert wie »Aber auch noch keine achtzig«, sparte es sich aber und überlegte, ob er Klose etwas anbieten müsse. »Herr Klose, was kann ich denn …«

»Till. Sagen Sie doch Till. Ich habe Post von Ihrer Frau gekriegt. Schöne Postkarte aus Kanada. Soll ja toll sein.« Er wedelte mit der bunten Ansichtskarte.

»Ach, eine Postkarte?«

»Ja, habe ich mich sehr gefreut drüber. Schön, dass sie an die Nachbarschaft denkt, wenn sie auf Reisen ist.«

»Margot macht eine Rundreise. Drei Wochen. Ich habe es vorgezogen hierzubleiben. Das Fliegen und all das, wissen Sie.«

»Versteh ich, versteh ich.« Klose fuhr mit der Hand über den Bügel des Rasenmähers. »Elektro, hm. Anstrengend, oder?«

»Ach, geht so. Ich wollte nur mal ein bisschen sitzen.«

»Kenn ich, kenn ich.« Klose klatschte in die Hände. »Wissen Sie was? Ich mähe Ihnen schnell den Rest, und Sie essen derweil Ihr Stückchen Kuchen.«

Jetzt bellte hinter der Hecke sein Hund.

»Ruhig, Pinky, ruhig! Das Herrchen hilft nur dem Herrn Bläulich!«

»Nein, wirklich, Herr Klose, das kann ich nicht …«

»Doch, doch. Geht schon, geht schon. Ist ganz fix erledigt.« Bevor Bläulich protestieren konnte, hatte Klose schon den Mäher angeworfen. Bläulich fühlte sich ausgesprochen unwohl. Er konnte doch nicht einfach so zusehen, wie ein Anderer seine Arbeit erledigte, während er selbst faul herumsaß. Unsicher nippte er am Kaffee. Sein Blick fiel auf die Postkarte. In der Handschrift seiner Frau waren dort ein paar nette Zeilen formuliert. Unverbindliche Freundlichkeiten unter Nachbarn. Seine Frau Margot war schon immer sehr bemüht gewesen, sich mit den Nachbarn gut zu verstehen. Dann blieb sein Blick an der letzten Zeile hängen: »Und gucken Sie ruhig mal nach meinem Mann. Dass er sich nicht überanstrengt, der Gute.« Aha, daher wehte der Wind.

Bläulich begann, den Kuchen zu essen. Er würde dem Studenten nachher auch noch ein Stückchen spendieren. Wo er schon mal da war und wo ihm doch schon der Schweiß auf der Stirn stand beim Mähen.

»Herr Klose!«, rief er über den Rasenmäherlärm.

»Till! Sagen Sie doch Till!«

»Dahinten ist noch ein Stückchen, wo man schwer drankommt. Vergessen Sie das nicht!«

»Denk ich dran, denk ich dran!«

Bläulich trank Kaffee. Er hatte höchst ungern Fremde in seinem Garten, aber diese Ausnahme gefiel ihm. Klose würde auch einen Kaffee kriegen. Aber er sollte sich bloß nicht einbilden, er dürfe Anton zu ihm sagen. Oder Toni, wie seine Margot. Margot ... Alles war anders ohne sie.

Plötzlich gab es ein lautes Geräusch. Ein Zwischending zwischen Schnarren, Kratzen und Brechen. Dann herrschte Stille, und nur noch die Vögelchen waren zu hören.

»Oh Mist, das Kabel.«

»Sind Sie etwa ... drübergefahren?«

»Oh Mann, das wollt ich nicht, das wollt ich nicht.«

Schnaufend erhob sich Bläulich und trottete zur Terrasse. Dort zog er den Stecker aus der Außensteckdose. Seit über dreißig Jahren mähte er den Rasen mit dem kleinen Elektromäher, aber das war ihm noch nie passiert.

Als er sich umdrehte, schrak er zusammen. Klose war schon an seiner Seite. »Das ist mir unangenehm. Echt unangenehm!« Er deutete ins Innere des Hauses. »Bestimmt ist die Sicherung rausgeflogen.«

Die Sicherung? Bläulich beschlich ein ungutes Gefühl. Der Student hatte wahrscheinlich recht. »Warten Sie hier«, sagte er barsch und ging ins Haus, nicht ohne sich vorher die Füße abzutreten. In der Küche betätigte er den Lichtschalter. Nichts. Die elektrische Uhr am Backofen stand still. Er ging ins Treppenhaus und öffnete den Sicherungskasten. Tatsächlich, die Sicherung war rausgesprungen. Sogar die Hauptsicherung. Er hörte Klose etwas Unverständliches rufen und antwortete unwisch: »Ja, die Hauptsicherung! Geht auch nicht wieder rein!« Er versuchte es wieder und wieder. Der Schalter schnappte immer wieder nach unten.

Er lief nach draußen, um erst einmal den ungebetenen Gast wieder zu verscheuchen.

Aber Klose war nicht allein. Der bullige Dörrleber von Haus Nummer 24 stand da und krempelte sich die Ärmel hoch. »Probleme mit dem Strom? Der Till hat mich gerufen. Ich mach das fix! Ich kenn mich da aus!« Er schob Bläulich zur Seite und stapfte ins Haus. »Sicherungskasten? Treppenhaus? Ah ja, ich seh schon.«

Auch er versuchte erfolglos, die Sicherung wieder einzuschalten. »Hören Sie, Herr Dörrleber …«

»Ich bin der Uli! Da müssen wir erst mal die Stromkreise abgrenzen. Liegt vermutlich an der Außensteckdose. Die ist ja normalerweise separat abgesichert, aber hier … Mannomann, das ist aber alles von Anno Piefendeckel. Ich werde da gleich mal ein bisschen aufräumen. Paar neue Kabel ziehen und so.« Er schob den protestierenden Bläulich wieder zur Seite. »Ham'n wer gleich. Ich hol nur meine Werkzeugkiste.« Und während er durch den Garten davoneilte, rief er noch über die Schulter: »Wir haben übrigens 'ne Postkarte von Ihrer Frau gekriegt! Haben wir uns sehr drüber gefreut, meine Inge und ich!«

»Was machen Sie denn da?«, rief Bläulich seinem Nachbarn Klose zu, der eine Leiter an die Hauswand gestellt hatte und begann, an den Fensterläden herumzuruckeln.

»Ihre Frau sagt, das Klappern stört sie immer beim Einschlafen.«

»Meine Frau ist nicht da!«

»Ich weiß, ich weiß. Und wenn sie zurückkommt, klappert da nix mehr.«

Nebenan kläffte wieder die Töle.

»Ruhig, Pinky, ruhig! Das Herrchen hilft immer noch dem Herrn Bläulich!«

Im Mehrfamilienhaus rechts wurde ein Fenster geöffnet. Frau Heimeling, die Klavierlehrerin. »Hallöchen, Herr Bläulich! Geht es Ihnen gut?«

»Danke, alles bestens!«

»Ihre Frau hat mir eine Karte geschrieben! Reizend, wirklich ganz reizend! Soll ich Ihnen ein bisschen Gesellschaft leisten?«

»Danke, nicht nötig!«

Dann entdeckte sie den Studenten. »Ach, Herr Klose!«

»Till! Sagen Sie Till!«

»Sie helfen dem Herrn Bläulich ein bisschen. Wie süß«, flötete sie.

»Ja, und der Uli Dörrleber holt die Werkzeugkiste wegen dem Strom!«

»Wissen Sie was? Ich komme mal rasch rüber! Vielleicht kann ich ja ein bisschen feucht durchwischen!«

Wischen? Bevor Bläulich reagieren konnte, war das Fenster schon wieder geschlossen worden.

Dörrleber erschien mit einer Werkzeugkiste von der Größe eines Überseekoffers.

»Nein, Herr Dörrleber …«

»Uli.«

»Uli … So geht das nicht. Ich möchte Sie bitten …«

»Aber Ihre Hauptsicherung! Da ist doch jetzt alles tot. Heute ist Freitag. Sie kriegen jetzt keinen Elektriker mehr. Oder einen mit sauteurem Wochenendzuschlag! Heute Abend sitzen Sie im Dukeln. Und Ihnen taut doch alles auf. Eisfach, Gefriertruhe …«

Tot, dachte Bläulich, und er spürte, wie ein bohrender Kopfschmerz sich langsam ausbreitete. Gefriertruhe … auftauen … »Na gut, dann machen Sie mal«, hauchte er kraftlos.

Hinter seinem Rücken war Frau Heimeling über den Rasen gehuscht. Bewaffnet mit Gummihandschuhen, Eimer und Mopp. »Ich fange im Bad an!«

»Bitte, Frau Heimeling …«

»Sie dürfen mich Elsbeth nennen!«

»Ist hier das Schlafzimmer?«, rief Till Klose von der Leiter und stieß das Fenster auf. Bläulich fuhr herum, und Elsbeth Heimeling nutzte die Gelegenheit, ins Haus zu flitzen.

»Kein Wunder, dass Ihre Frau nicht schlafen kann, bei dem Gerappel.« Er demonstrierte es, indem er den Laden hin und her ruckelte. »Hat Ihre Frau gar keine Kleider mit auf die Reise genommen? Da liegt ja alles auf dem Bett verstreut!«

Herr Bläulich biss sich auf die Handknöchel. »Kümmern Sie sich gefälligst nicht um unser Schlafzimmer! Was meine Frau mit auf Reisen nimmt, geht Sie gar nichts an. Kommen Sie da runter!«

Aber Till Klose war schon durch das Fenster eingestiegen. »Ich sortiere nur Sachen für die Altkleidersammlung aus, hören Sie!«, rief Bläulich.

Nie im Leben würde seine Frau es zulassen, dass er ihre Kleider aussortierte! Aber das konnte dieser doofe Student nicht wissen. Er musste dringend versuchen, Ordnung in das Chaos zu bringen.

Hoffentlich klappte das mit Dörrleber und der Sicherung! Er rannte ins Haus und eilte die Kellertreppe hinunter. Überall herrschte Dunkelheit. Nur im Vorratskeller drang ein wenig Licht durch das Gitter des Außenschachts herein.

Dort stand die Tiefkühltruhe. Da war kein leises Summen, kein leichtes Vibrieren. »Tot«, sagte Anton Bläulich leise.

Wie hatte das alles passieren können? Er hatte das mit den Postkarten für eine glänzende Idee gehalten. Kanada, das war hübsch weit weg. Kein Mensch sollte sich Gedanken darüber machen, dass Margot nicht mehr auf der Bildfläche erschien. Ein paar Postkarten, die er auf dem Flohmarkt gekauft hatte, ein paar Briefmarken aus seinem Album, die Stempel schön undeutlich und verschmiert mit Tusche fabriziert und dann in die Briefkästen geworfen.

Das alles sollte ihm Zeit verschaffen, um weiter zu planen. Die Kontoauflösung hatte er bereits beantragt, aber er wusste noch nicht, wo es hingehen sollte. Mit dem Geld konnte er seine letzten fünfzehn, zwanzig Jahre bequem und ohne Sorgen irgendwo unter südlicher Sonne verbringen.

Er hatte all das nicht gewollt, aber es war nun einmal passiert. Der Streit, diese Beleidigungen … Margot hatte es diesmal einfach übertrieben.

»Margot«, hauchte er und starrte durch das Halbdunkel die Kühltruhe an.

»Ganz schön schwer, im Dunkel zu putzen!«, rief Frau Heimeling von oben. »Ich habe ein paar Kerzen angemacht. Hier ist aber viel Schmutz in den Fugen. Ist das … Ist das etwa Blut? Haben Sie sich verletzt, Herr Bläulich?«

Durch den Fensterschacht drang von draußen Kloses Stimme: »Uiuiui! Die Toilette im ersten Stock ist verstopft! Ich hol mal rasch einen Pömpel!«

Nebenan bellte der Hund.

»Ruhig, Pinky, ruhig! Das Herrchen hilft dem Herrn Bläulich noch ein bisschen!«

Anton Bläulich knirschte mit den Zähnen. Diese verdammten Postkarten! »Und gucken Sie ruhig mal nach meinem Mann. Dass er sich nicht überanstrengt, der Gute.« Es klang so nach Margot! Dieser Satz war so typisch für seine Frau. Aber er hätte ihn sich definitiv sparen können.

»Meine Fresse!« Bläulich schrak zusammen, als er Dörrlebers Stimme neben sich hörte: »So ein Murks. Aber gut, dass man Nachbarn hat, was?«

»Mensch, Herr Dörrleber, wie können Sie mich so erschrecken!«

»Ich bin der Uli!«

»Was machen Sie hier unten?«

»Das ist ganz große Kacke, das mit den Sicherungen. Wer hat Ihnen denn das alles montiert?« Dörrleber klopfte beiläufig gegen die Tiefkühltruhe, und Bläulich hätte ihm dafür fast eine Ohrfeige verpasst. »Wissen

Sie, ich regle das jetzt für Sie. Aber das wird dauern. Machen Sie sich keine Sorgen wegen der Kosten, da lass ich die Kirche im Dorf. Ach, übrigens, wenn Ihnen irgendwo der Fußball von meinen Kleinen in die Finger fällt, der letztens wieder mal zu Ihnen in den Garten geflogen ist ...« Er zwinkerte Bläulich zu.

»Fußball? Kinder? Garten?« Bläulich atmete hektisch ein und aus. Wie konnte dieser Idiot jetzt an so was denken? Der Fußball lag irgendwo in einer Ecke, und er würde den Teufel tun und ihn den verzogenen Blagen zurückgeben. Jetzt hatten andere Dinge höchste Priorität.

Frau Heimeling erschien im Türrahmen. »Das ist tatsächlich Blut. Sind Sie gestürzt, Sie Armer?«

Hinter ihr tauchte Klose auf. In der einen Hand einen tropfenden Pömpel, in der anderen Hand etwas, was man bei den Lichtverhältnissen unmöglich erkennen konnte. »Ich glaube, es ist ein Knochen«, sagte er erheitert. »Sieht aus wie ein Hüftgelenk. Von welchem Tier, könnte ich jetzt gar nicht ... Lustig, oder? Hat das Klo verstopft.«

»Zeig mal. Zeig mal her, Till«, kicherte Dörrleber.

»Hat irgendwer von euch Jungs ein Pflaster?«, fragte Frau Heimeling. »Der Herr Bläulich hat sich offenbar verletzt. Oder darf ich Anton sagen?«

»Oder Toni?«, fragte Klose.

Jetzt brach es aus Bläulich heraus. Seine Stimme steigerte sich langsam in einen schrillen Diskant hinein, als er brüllte: »Schluss jetzt! Verdammt noch mal, ich will, dass ihr alle verschwindet! Jetzt! Sofort! Raus!«

Für ein paar Sekunden herrschte Stille.

Dann öffnete Dörrleber die Truhe, und Bläulich brachte nicht die Kraft auf, ihn daran zu hindern. Er sackte rücklings auf einen alten Plastikstuhl und wimmerte leise.

Die drei Störenfriede starrten auf den Inhalt der Truhe.

»Oh Mann, oh Mann«, hauchte Klose. »Voll.«

»Randvoll«, sagte Frau Heimeling ungläubig.

»Alles Fleisch.« Dörrleber zog einen der Beutel heraus.

Bläulich winselte leise. Er hatte noch keinen Plan gehabt, wie er das würde beseitigen können. Jetzt war alles zu spät.

Er spürte, wie eine Hand sich auf seine Schulter legte. Es war die von Till Klose. »Bei uns in der Nachbarschaft hilft man einander«, sagte der Student feierlich.

»Ganz genau!« Frau Heimeling tastete in einer Ecke des Raumes herum und förderte eine leere Plastikkiste zutage. »Wir verteilen es auf unsere Tiefkühltruhen. Da kann es erst mal bleiben, bis das mit dem Strom geregelt ist.«

»Keine Angst«, sagte Dörrleber heiter. »Wir futtern Ihnen auch nix weg davon.«

Bläulich sah auf. Die drei strahlten ihn an. Und dann begannen sie, die Gefrierbeutel aufzuteilen.

Eine Dreiviertelstunde später war das ganze Gefriergut in drei Schränken der Nachbarschaft verteilt, ohne dass die Kühlkette nennenswert unterbrochen worden wäre.

Anton Bläulich konnte sein Glück kaum fassen. Er hatte Tränen der Rührung in den Augen.

»Also, mach's gut, Toni!«

»Ruh dich ein bisschen aus!«

»Kriegen wir alles wieder in den Griff!«

Sie verließen seinen Garten durch das kleine Törchen, und Bläulich blickte ihnen hinterher. Den restlichen Kuchen hatte er durch drei geteilt und ihnen mitgegeben. Alleine hätte er diese Menge sowieso nicht geschafft. Er aß jetzt ja schon seit zweieinhalb Tagen all die aufgetauten Lebensmittel.

Als sie so über den kleinen, geteerten Weg zwischen den Gärten davonzogen, empfand er fast so etwas wie Sympathie für die drei. Eigentlich schade, dass er sie schon bald für immer verlassen würde.

Till ging nach links in den Garten der Reihenhaushälfte, und sein struppiger Mischlingshund kam ihm schwanzwedelnd und kläffend entgegengesprungen. Elsbeth bog rechts in den Garten des Mehrfamilienhauses ab, eine fröhliche Melodie trällernd.

Und Uli öffnete das Tor zu seinem Garten, und seine beiden Jungs begrüßten ihn jubelnd.

Schön, dachte Anton Bläulich zufrieden. Richtig schön.

Uli setzte seine Werkzeugkiste ab, und seine Söhne beobachteten gespannt, wie er jetzt etwas daraus hervorholte. Offenbar hatte er es, ohne dass Bläulich das mitbekommen hatte, aus dem Haus geschmuggelt. Es war rund und in mehrere Plastiktüten eingepackt, und es war Klebeband drumherum gewickelt.

Dörrleber deutete mit dem ausgestreckten Zeigefinger in Herrn Bläulichs Richtung, und die beiden Jungs winkten ihm fröhlich zu. »Danke, Herr Bläulich. Wir passen ab jetzt auf!«

Und dann öffneten sie das runde Paket und erkannten, dass nicht der erhoffte Fußball darin steckte.

Ganz besondere Qualität

Renate betrachtete ihren Mann, wie er so zusammengesunken am Küchentisch saß. Die eine Hand lag rechts neben dem Teller, der linke Arm baumelte lässig in die Tiefe. Er sah wirklich sehr entspannt aus. Da war auch dieses fiese, schnorksende Atmen nicht mehr. Ihr ganzer Zorn war plötzlich verraucht. Sie atmete tief durch und nippte am Rotwein.

Das würde endlich mal wieder ein schöner, ruhiger Abend werden. Warum hatte es erst so weit kommen müssen? Warum diese ewige Meckerei?

Sie betrachtete das große Küchenmesser. Das gute mit der Solinger Klinge, mit dem sie immer besonders pfleglich umging. Das war eindeutig ihr bestes Messer. Hatte ordentlich Geld gekostet, war aber auch wirklich jeden Cent wert.

»Ach ja«, seufzte sie zufrieden und besah sich noch einmal das ganze Szenario. Ihr Mann, mit dem Gesicht halb im Wirsing und halb im Gulasch, das Messer ganz tief in seinem Rücken. »Ach ja«, seufzte sie und lächelte. »In jedem Mann steckt doch auch etwas Gutes.«

Zum Friedhof

Es war nicht so, dass er das Autofahren verlernt hatte, aber es fiel Gregor immer noch nicht leicht, den wirren Verkehr, die vielen Fahrzeuge und all die Menschen um sich herum zu sortieren. Manchmal hatte er das Gefühl, in den letzten fünfzehn Jahren habe sich alles zu seinem Nachteil verändert. Es war ihm so, als habe sich die Bevölkerung in dieser Zeit verdoppelt und die Anzahl der Autos mindestens verdreifacht. Seit knapp zwei Monaten, seit er wieder raus war, tastete er sich langsam wieder in eine Art Alltag hinein. Er machte es behutsam, so hatte es ihm auch die Psychologin geraten, er ließ sich Zeit. Davon hatte er genug, denn ein Job war weit und breit noch nicht in Sicht. Das elende Loch, das er in Köln bewohnte, verschlang beinahe die ganze Kohle vom Sozialamt. Das Auto, einen kleinen Japaner, hatte er sich übers Wochenende von seinem Schwager Bert geliehen, der Mitleid mit ihm hatte. Seine Schwester Britta war nicht dafür gewesen, aber zum Glück hatte Bert das Sagen. Es war ein Automatikwagen. Nicht sein Fall, aber er durfte sich wahrscheinlich für den Rest seines Lebens keine Ansprüche mehr erlauben.

Frau Köhnen stand am Busbahnhof bereit, so wie sie es vor zwei Stunden verabredet hatten. Die kleine, alte Frau mit den gestutzten weißen Haaren wartete, die Handtasche am angewinkelten Arm baumelnd und umringt von mehreren prallen Einkaufstüten, am Bordstein und ließ den Kopf hin- und hergehen. Sie erkannte ihn und das Auto erst, als er direkt vor ihr anhielt und die Scheibe herunterfahren ließ. »Da bin ich schon!« Er war auf die Minute pünktlich. Das hatte er gelernt. Er stieg aus, um ihr beim Verstauen ihrer Einkäufe zu helfen.

»Mussten Sie lange warten?«, fragte er schließlich, als sie wenig später wieder im Auto saßen und losfuhren.

»Nicht schlimm«, sagte sie. »Mit dem Bus wäre ich wahrscheinlich erst heute Abend wieder zu Hause. Wie war es bei Ihnen?«

»Ein schöner, kleiner Ausflug. Ich habe mich in Ürzig ein bisschen in die Sonne gesetzt und auf die Mosel geguckt.«

»Sie müssen sich demnächst eincremen. Das gibt einen Sonnenbrand.«

Er hatte nach all den Jahren noch mal an die Mosel gewollt, und als er die alte Frau bei seiner Abfahrt in Gransdorf an der Bushaltestelle hatte stehen sehen, hatte er sie kurzerhand mitgenommen.

Für drei Tage war er dort in ihrer winzigen Ferienwohnung eingemietet. Eigentlich konnte er sich das gar nicht leisten, aber er musste irgendwann anfangen, sich seinen Erinnerungen zu stellen. Das hatte auch die Psychologin gemeint. Er konnte nicht einfach so tun, als seien all diese Dinge nie passiert.

In der Ferienwohnung von Frau Köhnen hatten Lucy und er damals ein paar hemmungslose Wochenenden verbracht. Sie kannten sich erst einige Monate und waren so verliebt, wie zwei Menschen nur sein konnten. Die Entfernung zwischen seinem Wohnort Köln und dem kleinen Nest in der Eifel hatte ihn nicht davon abgehalten, jede freie Minute mit ihr zu verbringen. An den Wochenenden konnte er über Nacht bleiben. Ein kombiniertes Wohn-Schlafzimmer mit einer winzigen Küchenzeile und ein lächerlich kleines Bad mit blassgelben Kacheln und stockfleckigen Fugen, mehr bot die Ferienwohnung auch heute noch nicht. Alles war völlig unverändert. Es war einmal die Einliegerwohnung von Frau Köhnens altem Vater gewesen. Es sah so aus, als habe man nur einmal kurz durchgewischt, nachdem er darin gestorben war. Die Tapeten, die Gardinen, die Möbel … alles atmete auch heute noch den verblühten Charme der Fünfziger.

Aber das war Lucy und ihm damals egal gewesen. Das Bett hatte so sehr geknarrt, dass sie fürchten mussten, es kapituliere irgendwann vor ihrem ausdauernden Liebesspiel. Frau Köhnen, die damals schon Witwe gewesen war, hatte ihnen immer ein verschmitztes Lächeln geschenkt, wenn sie ihnen begegnet war.

Gregor betrachtete die alte Frau von der Seite. Sie hatte sich natürlich verändert. Fünfzehn Jahre hinterließen Spuren. Ihr Gesicht war breiter geworden, die Augen waren hervorgequollen, was aber an den stärkeren Brillengläsern liegen mochte. Ihr Mund war klein und schmallippig, wie damals schon. Die stoppelkurzen Haare verliehen ihr eine gewisse Härte.

»Haben Sie alles gekriegt?«, fragte er. »Die Einkaufsliste abgearbeitet?«

Sie nickte kurz. »Waschpulver kaufe ich das nächste Mal, wenn meine Nachbarin mich mit nach Trier holt. Ich hatte keine Lust, die schweren Kartons zu schleppen.«

Als sie aus Wittlich herausfuhren, sagte sie plötzlich: »Ich habe das Gefühl, ich hätte Sie schon mal gesehen. Kann das sein?«

Er rang einen kurzen Moment mit sich. Wenn er ihre Frage bejahte, würde das einen Rattenschwanz an Erklärungen nach sich ziehen. Zuallererst würde sie ihn fragen, wo seine Freundin von damals sei. Ob sie noch ein Paar seien. Und dann würde er etwas Ausweichendes antworten. Er hatte keine Lust, ihr zu erzählen, wo er die letzten fünfzehn Jahre verbracht hatte. Und erst recht wollte er nicht darüber reden, warum er dort gewesen war. Also lachte er nur kurz auf und sagte: »Ach, wissen Sie, ich habe ein Dutzendgesicht.«

»Und warum verbringt ein junger Mann …«

»Ich bin fast fünfzig.«

»Ich bin fast achtzig. Also, warum verbringt ein junger Mann wie Sie das Wochenende in der tiefsten Eifel?«

»Es ist schön hier.«

Ein spöttisches Lächeln umspielte ihre faltigen Mundwinkel. »Schön ist es auch woanders. Und das Wetter ist da meistens besser.«

»Das Wetter ist mir egal. Ich finde, ich habe in den letzten Jahren viel zu wenig von der Heimat gesehen.« Er staunte über den Wahrheitsgehalt seiner eigenen Ausrede und ergänzte: »Es kommt mir alles so vertraut vor. So, wie Sie glauben, mich schon mal gesehen zu haben, habe ich den Eindruck, ich sei schon einmal hier gewesen.« Und etwas leiser fügte er hinzu: »In einem früheren Leben vielleicht.«

Sie fuhren die sanfte Anhöhe in Richtung Minderlittgen hinauf, und wenig später schlängelte sich die Straße zwischen den ersten Bäumen hindurch.

»Können Sie mir einen Gefallen tun?«, fragte die alte Frau mit einem Blick auf ihre zierliche Armbanduhr. »Würden Sie mich gleich beim Friedhof absetzen und die Einkäufe mit zu mir nach Hause nehmen? Sie können sie einfach vor die Tür setzen. Hier klaut keiner was.«

Er nickte. »Kein Problem. Ich habe genug Zeit. Vielleicht fahre ich nachher noch ein bisschen spazieren. Das Wetter scheint sich zu halten.« Er wollte noch nach Spangdahlem. Zur Air Base, auf der Lucy damals mit ihrer Familie gewohnt hatte. Ihr Vater war Pilot beim dortigen Jagdbombergeschwader gewesen. Gregor sah plötzlich wieder die Gesichter der Eltern vor sich, wie sie mit verkniffenen Mienen im Gerichtssaal gesessen und sich immer wieder fest bei den Händen gefasst hatten.

»Mein Mann liegt jetzt schon über zwanzig Jahre da«, sagte seine Beifahrerin in einem Tonfall, aus dem sich weder Zuneigung noch Trauer heraushören ließ. »Wenn ich nicht demnächst irgendwann neben ihm zu liegen käme, hätte ich das Grab einebnen lassen. Macht ja nur Arbeit. Ich hätte damals gleich eine Steinplatte draufmachen lassen sollen. Mit meiner Rente kann ich mir das heute nicht mehr leisten.« Sie schien selbst bemerkt zu haben, dass das unnötig herzlos klang, und blickte rasch zu ihm hin. »Der Rudi war ein lieber Mann. Der hat immer gut für mich gesorgt.« Dann murmelte sie: »Ich hab oft gedacht, dass ich den gar nicht verdient habe«, und kniff die Lippen zusammen.

In Minderlittgen waren kaum Menschen zu sehen. Nur auf einer Seitenstraße, die rechts zur Kirche führte, fegte eine Frau den Gehsteig. Gregor genoss diese Einsamkeit. Mit dem Auto aus der Stadt herauszufahren, war die Hölle gewesen. Wie lange würde das dauern, bis er sich wieder daran gewöhnt haben würde?

»Sie werden es vielleicht nicht glauben, aber ich war früher nicht gerade ein Kind von Traurigkeit. Volle rote Haare hatte ich. Eine richtige Mähne. Der Rudi, der hätte schon mal ab und zu Grund gehabt …« Der Rest ihres Satzes blieb unausgesprochen in der Luft hängen.

Bei Gregor lösten ihre Worte sogleich eine Flut von Bildern aus, auch wenn die Alte das sicher nicht beabsichtigt hatte. Er sah Lucy, ihren blassen, nackten Körper, ihren Mund, der weit aufgerissen ein heiseres Lachen in das Blätterdach des Waldes hinaufschickte. Er sah den dunkelhäutigen Mann, der ihren Körper fast zur Gänze bedeckte. Stärker konnte der Kontrast kaum sein. So dunkel, so grell … Lichtflecken, die über das Laub auf dem Waldboden und über die beiden Leiber huschten …

Gregors Hände klammerten sich um das Lenkrad wie damals um den Hals von Lucy …

Er unterdrückte mit Mühe ein Stöhnen.

Noch war er nicht bereit, sich den grausamen Details dieses einen fatalen Sommertages zu stellen. Noch nicht. Er würde das Waldstück, in dem es passiert war, schon noch aufsuchen. Ganz bestimmt! Das hatte er sich geschworen. Aber jetzt noch nicht!

Er versuchte, das Gespräch in andere Bahnen zu lenken: »Wie alt waren Sie denn, als Sie sich kennenlernten, Ihr Rudi und Sie?«

Sie lachte hell auf. »Zu jung!«

»War er Ihre erste Liebe?«

»Ja, das war er wohl. Er war ein schöner, starker Mann.«

»Und er hat Sie sehr geliebt?«

»Oh ja, das hat er.« Die Pause, die folgte, bevor sie weitersprach, war zu lang. »Das war aber auch schon alles.«

»Aber ist das denn nicht das Wichtigste?« Gregor bremste ab, als sie nach Großlittgen hineinfuhren. »Man braucht doch nichts anderes, wenn man verliebt ist. Man hat doch sich selbst … das genügt einem doch völlig.«

Er spürte, wie sie ihn von der Seite musterte. »Haben Sie keine Freundin? Einen Ehering tragen Sie jedenfalls nicht. Sie wissen also nicht, wie das ist, wenn man verheiratet ist … für immer. Oder?«

»Ich *hatte* eine Freundin«, sagte Gregor und bemühte sich, es möglichst neutral klingen zu lassen.

»Eine?« Es klang amüsiert. Dann kicherte sie. Es war ein garstiges, leises Geräusch, beinahe ein wenig verschlagen. »War sie so toll? Wer hat denn wem das Herz gebrochen? Sie Ihnen? Oder umgekehrt?«

Lucys Augen waren voller Angst gewesen, als seine Hände mit den weit auseinander gespreizten Fingern auf sie zukamen. Blutrote Sprenkel hatten auf ihrer rechten Wange und ihrem Kinn aufgeleuchtet, als der nächste Sonnenstrahl herbeihuschte, um sie zu streicheln.

»Bitte, Frau Köhnen, das Thema ist mir ein bisschen peinlich. Wissen Sie, ich möchte eigentlich nicht so gerne darüber ...«

Sie lachte schnarrend. »Jaja, schon gut. Scheint ja was ganz Besonderes gewesen zu sein.«

Er wurde wütend. Das war nicht gut. Das hatte man ihm in den letzten fünfzehn Jahren versucht auszutreiben. Bis jetzt hatte er geglaubt, sie seien erfolgreich gewesen.

»Man darf sich nicht in der Jugend wegschmeißen. Der erste Kerl ist selten die beste Wahl. Ich hätte später Männer haben können ... Zehn an einem Finger wäre vielleicht übertrieben, aber da war schon der ein oder andere. Einer aus Berlin, der mich unbedingt mit zu sich nehmen wollte. Geld wie Dreck hatte der. Geld wie Dreck ...« Ein düsterer Ton klang bei ihren Worten mit. Als Gregor rasch zu ihr blickte, erkannte er, dass sie offenbar mit starr geradeaus gerichtetem Blick ihren verpassten Gelegenheiten hinterhertrauerte.

Als sie am Kloster Himmerod vorbeifuhren, das links der Straße etwas unterhalb lag, sagte sie: »Da, gucken Sie, deswegen kommen die alle hierhin. Eine alte Klosterkirche.« Sie blies verächtlich die Luft aus den Backen. »Von überallher kommen sie und erzählen uns, wie man anderswo zu leben versteht. Machen uns den Mund wässrig. Gehen in Scharen in das alte Kloster. Frommes Getue! Und hinterher reisen sie wieder nach Hause. In ihre Villen, mit ihren teuren Karren.«

Gregor versuchte es mit einer heiteren Note: »Na ja, ich habe jedenfalls keine teure Karre. Und ich reise übermorgen auch nicht zurück in eine Villa.«

»Sie haben's noch zu nichts gebracht, was?«

»Ich arbeite daran.«

Er war froh, dass sie jetzt lachte. Die finstere Wolke war weitergezogen, das war gut so. Eine finstere Wolke, in deren Schatten sich das Bild jenes Tages allzu deutlich vor seinem geistigen Auge zu manifestieren begonnen hatte. Der Holzknüppel, den er in seiner Wut aus dem Laub gezogen hatte, seine Hände, die sich um Lucys Hals legten …

»Sie sind noch keine achtzig. Sie haben doch noch ein paar Jahre vor sich«, fuhr er jetzt betont munter fort. »Haben Sie Kinder?«

»Gott sei Dank nicht.«

»Dann verkaufen Sie alles, reisen Sie, ziehen Sie in die Stadt!«

»Ach was, der hässliche alte Aussiedlerhof. Für den maroden Kasten kriege ich doch nichts.« Sie verschränkte die Hände über der Handtasche, die auf ihrem Schoß ruhte. »Wenn man aus der Eifel wegwill, muss man das tun, wenn man jung ist. Das sage ich den Mädchen immer. Ich sage: Seid schlau, sucht euch den Richtigen. Macht euer Glück in der großen, weiten Welt. Guckt mich an. Ich bin hier kleben geblieben wie eine Fliege am Fliegenfänger. Ich habe gezappelt und gezappelt und bin nicht mehr weggekommen. Der aus Berlin, oh ja, der hätte mir früher begegnen müssen! Oder irgendeiner von den anderen. Der Italiener aus Mailand! Der Londoner!«

Plötzlich spürte er ihre Hand auf seinem Unterarm. »Oder ein Amerikaner! Nach Amerika hätte ich gehen sollen! 1953, als die Amerikaner hierhin auf die Air Base kamen, da war so ein toller Kerl dabei, ein Schwarzer! Ein Bild von einem Mann. Der zeigte mir Fotos von seinem Haus in Connecticut, da hat es mir den Atem verschlagen, sage ich Ihnen! Ich dachte, die Schwarzen, die wären da drüben die ärmsten Schweine, aber der ...«

Nicht auch das noch, dachte Gregor. Die Bilder wurden wieder deutlicher. Das achtlos unter einen Baum geworfene Knäuel aus Militärkleidung und Lucys gestreiftes Sommerkleid. Der nackte Körper des Farbigen, der Knüppel, der schwarz gelockte Hinterkopf ...

»So, da vorne kommt Schwarzenborn«, sagte er. »Danach kommt dann gleich Gransdorf, und dann sind wir auch schon da! Es ist doch viel schöner, über die Dörfer zu fahren, anstatt die Autobahn zu benutzen, oder?« Er plapperte vor sich hin, löste seine Linke vom Steuer und tätschelte kurz ihre Hand, die immer noch auf seinem rechten Unterarm ruhte. Sie zog sie weg.

Gregor suchte verzweifelt nach einem Thema, das ihn etwas ablenken konnte. »Ach, da wollte ich Sie noch fragen, haben Sie vielleicht eine Idee, wo ich heute Abend etwas essen gehen kann? Aber bitte kein Sternerestaurant. Das kann ich mir nicht leisten.«

»Sternerestaurant … hier.« Sie grunzte verächtlich. »Hier gibt es nichts!«

Ihr Gemaule ging ihm jetzt wirklich auf die Nerven, und ihm entfuhren, eine Spur zu laut und eine Spur zu scharf, die Worte: »Warum sind Sie denn hiergeblieben, wenn Ihnen das schon so lange alles so zuwider ist? Jeder Mensch kann doch frei entscheiden!«

Sie starrte ihn an und hatte den kleinen, bösen Mund offen stehen. Er sah aus wie ein Astloch in einem verwitterten Baum. »Jeder Mensch …«, sagte sie hohl. »Jeder Mensch kann doch …« Sie kramte in ihrer Erinnerung, das konnte er erkennen. Als die Straße mitten im Ort eine scharfe Linkskurve beschrieb, riss er das Steuer herum. Seine Hände zitterten. Erinnerungen waren Gift! Erinnerungen machten ihn wieder krank! Es war keine gute Idee gewesen, hierher zurückzukommen, das erkannte er in diesem Moment nur zu deutlich. Wie hatte er nur auf diesen idiotischen Gedanken kommen können, diesen Platz noch einmal aufzusuchen? Hier gab es nichts für ihn zu erforschen. Er kannte die Wahrheit. Er wusste, was geschehen war. Jedes kleine, grausame Detail war für immer in seinem Kopf!

»Komisch, dass Sie das sagen, wissen Sie. Ich habe genau diese Worte mal zu einer jungen Frau gesagt, die in meiner Ferienwohnung … Das ist schon so lange her. Nach Amerika, Mädchen, habe ich gesagt! Mach dich nicht unglücklich, und nimm dir lieber einen von euch. Sie war Amerikanerin, wissen Sie. Irgendwie hatte sie damals Vertrauen zu mir gefasst und fragte mich um Rat, weil ihre Eltern nicht mit ihrem Freund einverstanden waren. Ich sagte: Du gehörst dem Kerl doch nicht! Jeder Mensch kann doch frei entscheiden. Bestimmt zehnmal habe ich es ihr vorgesagt, bis sie es so richtig begriffen hat. Und dann hat sie sich einen Schwarzen von der *Base* geangelt. Da, wo sie wohnte. Sie hieß … Trudy … Nein, Judy … Nein, irgendwas mit L …«

Ihre Worte drangen mit einem Mal seltsam verzerrt zu ihm herüber. Da war ein bizarres Echo. Er starrte nach vorne, auf die Fahrbahn, beschleunigte mehr, als es nötig war. Der Wald kam sehr schnell näher. Es war das letzte Waldstück vor Gransdorf. Es war der Wald, in dem alles passiert war.

»Lucy!«, sagte die Alte, und Gregor wunderte sich kein bisschen darüber. »Lucy hieß sie, ganz genau. Hören Sie, müssen Sie eigentlich so schnell fahren, junger Mann?«

»Schnell?«, fragte er mechanisch. »Finden Sie, ich bin zu schnell? Ich habe keine Erfahrung damit. Ich war zu lange weg.«

Der Wagen schoss zwischen den hohen Stämmen hindurch.

In die Stimme der alten Frau mischte sich jetzt ein Zittern. War es Furcht? Wovor fürchtete sie sich? Wenn sich jemand fürchten musste, war er es! »Und dann hat das dumme junge Ding tatsächlich doch noch seinen Verstand benutzt und hat diesem Milchbubi aus Köln den Laufpass gegeben. Es war ein gutes Stück Arbeit, bis ich sie schließlich so weit hatte. Das war ein Versager, eine Niete, das sah man gleich. Der hätte ihr nichts bieten können. Sie hat ihn abserviert. Aber da war es schon zu spät. Der Kerl, der hat doch dann tatsächlich ...« Ihre Stimme brach ganz plötzlich ab. Er spürte ihren Blick. »Himmerod, Schwarzenborn ... Sie kennen hier alles, stimmt es?«

»Oh ja, ich kenne das hier alles ganz gut«, presste Gregor zwischen den Zähnen hervor. »Ich war oft genug hier. Manchmal nur am Nachmittag von Köln hierher, um dann mitten in der Nacht zurückzufahren. Manchmal war es ein ganzes Wochenende. Das war der Himmel auf Erden. In dieser versifften, kleinen Ferienwohnung.« Er sah wieder Lucys Hals vor sich, die Blutspritzer des Soldaten, sah seine Hände, die den Knüppel losließen und auf ihren Hals zuschossen ... Und auf einmal wurde der Hals faltig, sehnig, alt ...

Gregor trat abrupt auf die Bremse. So plötzlich, dass sie beide nach vorne geschleudert wurden und nur die Gurte verhinderten, dass sie gegen das Armaturenbrett oder die Windschutzscheibe prallten.

Rechts führte ein unbefestigter Weg in den Wald. Er sah ihn, als er am Kopf der alten Frau vorbei durch das Seitenfenster starrte. Da vorne war es. Da hatte sich vor über fünfzehn Jahren alles zugetragen.

»Hören Sie«, keuchte die alte Frau. »Wir haben ja jetzt lange genug von früher geredet, nicht wahr? Ich werfe da bestimmt ein paar Dinge durcheinander. Ich bin ja schon eine alte Frau. Sie wollten mich doch noch zum Friedhof bringen.«

Gregors Mund verzog sich zu einem Lächeln. Sein Blick fokussierte sich auf die Frau, deren Augen hinter den Brillengläsern weit aufgerissen waren. Ihr Kinn zitterte, die Sehnen ihres Halses waren straff gespannt.

»Aber sicher«, sagte er jetzt ganz sanft. »Sicher bringe ich Sie zum Friedhof. Das habe ich Ihnen doch versprochen. Aber vorher habe ich noch eine Kleinigkeit zu erledigen.«

Dann schlug er entschlossen das Lenkrad nach rechts ein.

In der Apotheke

Bei Leo Herkenrath, unserem Apotheker, unten an der Wilhelmstraße, da erschien dieser Tage ein Kunde mit knallroten Augen. Der sah richtig krank aus. Richtig fies krank. Das war auch in der Zeit, in der die Grippe-Epidemie durch die Eifel galoppierte. Hatten Sie sicher auch, oder? Sehen Sie.

Jedenfalls machte der Mann einen ganz erbärmlichen Eindruck.

Als Leo den fragte, was er denn für ihn tun kann, war er im Geiste schon an der Schublade mit den Grippe-Pillen, aber der Mann räusperte sich verlegen, wackelte unsicher mit dem Kopf und sagte leise: »Ich hätte gerne 25 Milliliter Strychnin.«

»Strychnin?«

»Strychnin.«

»Das ist hochgiftig, das wissen Sie doch«, hat der Leo gesagt. »Das ist ein ganz gefährliches Zeug.«

Der Mann hat genickt und gemurmelt: »Weiß ich. Weiß ich ja. Genau deswegen brauche ich das ja auch so dringend.«

»Ja, aber was wollen Sie denn damit machen?«

»Ich würde damit gerne meine Frau umbringen!«

»Wie bitte? Aber das geht doch nicht!«

»Nicht? Ich denke, das ist so giftig.«

Der Leo war ganz empört. »Ist das ja auch. Aber Sie glauben doch nicht, dass Sie hier einfach so reinspazieren und von mir verlangen können, dass ich Ihnen Gift aushändige, mit dem Sie Ihre Frau vergiften können! So geht das ja nun mal nicht.«

Und dann hat der Mann in die Innentasche von seinem Mantel gefasst und hat eine Fotografie rausgeholt. Und die hat er dem Leo auf den Tresen gelegt. Und der Leo hat sich das Foto angeguckt. Das war ganz offensichtlich die Ehefrau. Und die muss so hässlich gewesen sein. So unglaublich hässlich …

… dass der Leo ganz freundlich zu dem Mann gesagt hat: »Aber warum haben Sie denn nicht gleich gesagt, dass Sie ein Rezept dabeihaben!«

Happy birthday, Schäng

Es juckte Schäng Deneffe an der Nasenwurzel, aber wann immer er nach der Augenbinde tastete, kicherte Gina an seiner Seite und klopfte ihm zärtlich auf die Finger. »Überraschung, Liebchen«, piepste sie. »Du sollst nicht so neu-po-pei-gierig-po-pierig sein!« Bei jeder Silbe stupste sie ihm mit dem Finger auf die Nasenspitze.

Sie hatten seinen Sechzigsten im »Knipp« gefeiert. Das »Knipp« war immer gut. Da feierten alle, die in Aachen was auf sich hielten. Die Brüder Ramrath hatten ihm, Gina und den anderen acht ein köstliches Menü serviert. Danach hatte Gina darauf bestanden, in diesen riesigen Tanzschuppen beim Aachener Tivoli zu fahren. Schäng fühlte sich schon den ganzen Tag über irgendwie komisch. Sechzig wurde man Gott sei Dank nur einmal im Leben. In dem Club war nur junges Gemüse gewesen, da war er sich gleich noch mal doppelt so alt vorgekommen. Gina und die Jungs hatten ein bisschen getanzt, und er hatte sich an einem sausüßen Cocktail festgehalten.

Theo und die Anderen waren schon am Morgen bei ihm aufgekreuzt und hatten gratuliert. Sie hatten offenbar zusammengelegt, um ihm eine Rolex Oyster Perpetual zu schenken. Das hatte ihn sehr gerührt. Bestimmt hatte Theo das organisiert. Kostete um die vierzehn Mille. Gleichmäßig durch sieben geteilt, hätten die das nie hingekriegt. Die Jungs waren fleißig und verlässlich, hatten aber nur Mus im Kopf. Von Theo hatte er ein Gemälde von irgendeinem bekloppten Künstler aus Düsseldorf gekriegt. Konnte man nix drauf erkennen, passte aber farblich zur Sitzgruppe. Und Gina hatte ihn auf heute Nacht vertröstet.

Tagsüber hatte er Anrufe entgegengenommen und Fußball geguckt. Alemannia hatte gegen den BVB gewonnen, das war noch so ein kleines Geschenk gewesen. Anschließend waren ein paar alte Kumpels gekommen und seine Schwester aus Amsterdam mit ihrem Spanier, die aber gegen Abend nach Marbella weitermusste. Dann das Abendessen und hinterher ebendieser scheißlaute Tanzschuppen.

Als Gina irgendwann kurz vor Mitternacht gesagt hatte: »Komm, wir gehen mal raus«, war er ziemlich erleichtert gewesen. »Rausdibaus. Raus-haus-di-baus.« Ihm war das zu eng. Zu laut. Zu grell. Zu … alles. Aber das hätte er natürlich nie zugegeben. Er wollte sich schließlich nicht gleich am ersten Tag mit sechzig nach achtzig anhören.

Gina hatte ihm mit ihrem knallgelben Seidenschal die Augen verbunden. Zuerst hatte er gedacht, sie wolle ihm auf dem Parkplatz ein Geschenk machen, etwas, was mit Ausziehen und so zu tun hatte, und schon befürchtet, dass das ganz schön kalt werden würde. Aber auch dabei hätte er die Zähne zusammengebissen. Er würde selbst mit sechzig weiterhin seinen Mann stehen, sogar in einer Novembernacht auf einem Parkplatz.

Jetzt vernahm er plötzlich Theos heisere Stimme zu seiner Linken: »Wir machen einen kleinen Ausflug, Chef.«

Auch darauf ließ er sich ein, obwohl er müde war. Viel müder als sonst um diese Zeit. Änderte sich das alles so schlagartig? Ging das so rasch? Er ließ sich nichts anmerken.

Gina versprach ihm: »Das wird dir Spaß machen!«, und tippte ihm wieder auf die Nase. Das musste er ihr langsam mal abgewöhnen.

Bitte nicht in den Puff, dachte er. Darauf hatte er jetzt wirklich keine Lust. Nebenher war er Verwalter einiger Häuser im »Sträßchen«, hatte aber schon lange keine Lust mehr auf die Ausprobiererei. Ihm reichte Gina, die er ausreichend mit Klamotten, Botox und Silikon ausgestattet und schließlich sogar geheiratet hatte. Nur manchmal, wenn sie ein-, zweimal im Jahr zu ihrer Familie nach Dessau fuhr, ließ er sich ein paar Neueinsteigerinnen kommen. Seine wilden Zeiten waren schon lange vorbei.

Er hörte den Rollmechanismus der Seitentür eines Vans, dann halfen sie ihm hinein und fuhren schließlich los. Vom Gefühl her in Richtung Innenstadt, aber da konnte er sich täuschen. Schäng fühlte sich nicht wohl, so völlig erblindet. Sonst sah er noch verdammt gut, brauchte keine Brille, nicht mal zum Lesen. Darauf war er sehr stolz.

Er spürte, wie der Wagen in die Kurve ging, stoppte, anfuhr, hielt, der Blinker gesetzt wurde, alles mehrmals. Hörte Theo und Gina murmeln. Zwei oder drei der Jungs schienen auch im Auto zu sein.

»Alles gut?«, piepste Gina, als sie ihm eine Viertelstunde später beim Aussteigen half. »Guti? Guti-po-puti?«

»Klar, alles okay«, log er. In Wirklichkeit kam er sich vor wie ein pflegebedürftiger Greis. Würde das jetzt so weitergehen? Dauernd diese Gedanken ans Altsein? Schöne Scheiße.

Die Rumänen und Albaner, die mittlerweile die Stadt unter sich aufgeteilt hatten, waren allesamt jünger, und seit er vor zwei Monaten seinen alten Rivalen Arno »die Prent« Bosten kaltgemacht hatte, war er unbestritten der Älteste. Eigentlich war er fit, trainierte jeden Tag eine halbe Stunde auf dem Stepper und zweimal die Woche im eigenen Studio auf der Peterstraße. Aber sechzig war er jetzt trotzdem.

Die war Bosten schon nicht mehr geworden. Nur achtundfünfzig. Dafür hatte Schäng eigenhändig gesorgt. Ein einziger Schuss, und der Prentekopp war hinüber gewesen. Grund dafür war ein Bauprojekt in Stolberg gewesen, bei dem Bosten ihn hatte ausbooten wollen. Aber die linken Touren von der Prent hatte er sich lange genug gefallen lassen. Wer beim Amt mit wie viel und weswegen geschmiert wurde, das bestimmte immer noch er, Schäng Deneffe.

Die Jungs hatten den toten Bosten ins Krematorium draußen in Hüls gefahren und ihm am nächsten Morgen seine Asche gebracht. Irgendwann in den nächsten Wochen würde er vielleicht nach Blankenberge fahren. Im Herbst war es da schön ruhig. Da würde er die Asche in den Ärmelkanal streuen. Die Prent hatte Blankenberge gehasst. Und das Meer erst recht.

Als Schäng Deneffe sich mit dem Fuß vorantastete, spürte er festen Boden und glitschiges Laub unter den

Füßen. »Hört mal, Leute«, sagte er, »ihr habt euren Spaß gehabt, und jetzt würde ich verdammt noch mal gern den Schal runter –«

»Warte, warte, warte!«, rief Gina schrill. »Wir sind ja gleich da!«

Er hörte, wie sich eine Metalltür öffnete, dann eine Männerstimme: »Und, war schwer?« Womöglich Pepe.

Eine andere Stimme antwortete: »Hätt ich sogar nur mit dem Fingernagel aufgekriegt.« Das musste Schocki Schröder sein. Der Neue, der Ringer aus Walheim.

Warme Luft strömte Schäng entgegen, als sie offensichtlich ein Gebäude betraten.

»Wir gehen weiter nach vorne«, sagte Theo und fasste ihn am linken Arm. »Aber nicht in die erste Reihe. Dritte oder vierte, da sieht man besser.«

»Ich seh überhaupt nix«, knurrte Schäng.

»Nur noch eine Minute, Chef.« Theos Stimme beruhigte ihn. Das tat sie immer. Sie waren etwa gleich alt. Theo Müntzer war in den Achtzigern die rechte Hand von Schäfers Nas aus Köln gewesen. So lange, bis der in den Bau gewandert war. Dann war er zu ihm gekommen. Schäfers Nas war nur einundsechzig geworden, fiel es Schäng in diesem Moment ein. Scheiße.

Gina half ihm aus dem Mantel und drückte ihn sanft auf einen gepolsterten Sitz. Stuhlbeine stießen aneinander, machten metallene Geräusche.

»Kann ich jetzt endlich?« Er wurde ungeduldig. Schritte entfernten sich.

»Ja«, hauchte Gina, und er spürte ihre Finger am Hinterkopf. »Jetzt kannst-du-po-pannst-du.«

Schäng Deneffe kniff die Augen zu, weil er erwartete, geblendet zu werden, aber das Licht war gedämpft. Er blickte sich um. Ein großer Raum mit roten Wänden, voller Stuhlreihen. Wandlampen, Belüftungsrohre an der Decke, heruntergelassene Rollos vor den Fenstern zur Rechten. Und an der Stirnseite, etwa sechs oder sieben Meter vor ihm, eine rechteckige Öffnung. Eine Bühne, nur ein bisschen größer als sein gigantischer Flatscreen im Wohnzimmer.

Alte Backstein- und Fachwerkhäuser waren zu sehen, auf Sperrholz gemalt. Die Kulisse stellte einen Marktplatz dar. Gestapelte Obstkisten, Körbe mit Kohlköpfen und Äpfeln.

Schäng drehte den Kopf nach rechts und links. Gina strahlte ihn an. Der Brilli auf ihrem Schneidezahn blitzte im Halbdunkel auf. Links von ihm zwinkerte ihm Theo zu. »Mach den Mund zu, Chef.«

»Ist das etwa …?«, hauchte Schäng.

Theo nickte lächelnd.

Gina quiekte: »Das ist das Öcher Schängche ganz privat und ganz intim für meinen Schäng. Für meinen Schäng-po-päng!«

Schäng spürte, wie ihm die Tränen in die Augen schossen. Scheiße, rührselig wurde man also auch noch ab sechzig.

Er saß im Zuschauerraum vom Öcher Schängche, der fast hundertjährigen Traditions-Puppenbühne, deren Hauptfigur sein Namensvetter war. War das schön! »Au Hur, ist dat schön«, sagte er mit belegter Stimme und ließ seinen Blick weiterschweifen.

Er liebte Puppentheater. In St. Vith, wo er aufgewachsen war, war in seinen Kindertagen immer wieder eine fahrende Kasperlebühne zu Gast gewesen. Er hatte sein ganzes Taschengeld dafür ausgegeben. Und angefangen zu klauen, um sich weitere Vorstellungen leisten zu können. Sein Vater, ein alter Kaffeeschmuggler, hatte ihn deswegen mehr als einmal windelweich gehauen.

Puppentheater zogen ihn seitdem magisch an. Wenn er auf Reisen war, ließ er keine Gelegenheit aus. In Berlin, Hamburg oder auch in Wien gönnte er sich mehr oder weniger regelmäßig einen Besuch. Im Öcher Schängche aber war er nur in den Siebzigern ein paarmal gewesen, als er seinen ersten Job in Aachen hinter der Theke einer Stripteasebar hatte. Da war das Theater noch im Jugendheim in Burtscheid untergebracht gewesen.

Hier, in den Räumen der Barockfabrik am Löhergraben, war er noch nie gewesen, denn in seiner heutigen Position konnte er sich natürlich nicht in einem Puppentheater sehen lassen. Damit würde er sich in Aachen schnell zum Gespött machen.

Aber jetzt war er hier. Heimlich. In einer Vorstellung, nur für ihn!

»Die Jungs haben was für dich einstudiert«, raunte Theo. »Sie sind nicht gut, aber es wäre schön, wenn du sie hinterher trotzdem loben könntest. Es kommt von Herzen.«

Schäng schluckte schwer und kämpfte wieder mit den Tränen.

Etwas regte sich hinter der Bühne. Ein Klappern, ein leises Rumpeln.

Von rechts schob sich eine Puppe ins Scheinwerferlicht. Ein junger Kerl in einem braunen Wams mit gold blinkenden Knöpfen und in Kniebundhosen. Er hatte pechschwarzes Haar, dunkle Augenbrauen und ein spitzbübisches Gesicht.

»Das ist der Schäng«, flüsterte Gina. »Der Schocki spielt den.«

»Schocki? Der Ringer?«, fragte Schäng aus dem Mundwinkel.

»Ja, der kann Öcher Platt.«

»Söd ühr allemole doe?«, erscholl ein lauter Ruf von der Bühne.

Schäng blickte nach rechts und links.

Gina und Theo nickten aufmunternd.

»Ja!«, rief Schäng ein bisschen verschämt. »Also … äh … joo!«

»Ich han noch jarnüüs jehuet!« Die Puppe hob demonstrativ die Hand zum Ohr.

Gina stieß ihn mit dem Ellenbogen an.

»Jooo!«, rief Schäng wieder.

Doch das Schängche auf der Bühne ließ nicht locker: »Dat moss knalle, dat heij de Lampe vajene Plafond falle!«

»Joooo!«, brüllte Schäng, jetzt fast enthemmt. »Joooo! Ich ben dooo!«

»Dat is ja fein«, fuhr Schängche in einer Mischung aus Hochdeutsch und Mundart fort. »Dann machen wir heut Nacht en super Sondervorstellung nur für der größte Schäng va jan Oche!«

Schäng klatschte begeistert in die Hände. Schnell wollte er Gina einen Kuss auf die Wange drücken, aber die war auf einmal nicht mehr da. Er sah gerade noch ihr wackelndes Hinterteil, das durch eine Tür rechts neben der Bühne verschwand.

Dann ertönte der Klang eines Akkordeons.

»Das ist Pepe«, flüsterte Theo.

»Kann der Musik machen?«

»Deine Jungs können mehr, als du denkst.«

»Sind die alle da?«

»Alle.«

Schäng faltete die Hände im Schoß und lauschte der Melodie. »Happy Birthday«, natürlich.

»Un jetz singe mer dem Schäng e Ständche!«, rief das Schängche, und von links erschien eine weitere Puppe zwischen den Kulissen. Ein Weib mit blonder Mähne, einer goldfarbenen Bluse, die sich über einem Riesenbusen spannte, einem knallroten Rock aus Lackfolie und schwarzen Stiefeln.

»Die sieht ja aus wie die Gina!«, rief Schäng und grinste selig. Die Ähnlichkeit war nicht von der Hand zu weisen. Seine Gina!

»Sie wollte das unbedingt selbst machen«, erklärte Theo. »Für dich. Sie ist gut, oder?«

Schäng hatte immer gedacht, Gina sei doof wie Bohnenstroh und könne nur das Eine. Aber als die Puppe jetzt »*Happy birthday to youuuu*« sang, da klang das so gekonnt und so lasziv, wie es dereinst Marilyn Monroe für Präsident Kennedy gehaucht hatte.

Schäng weinte. Eine Träne quoll ihm aus dem rechten Auge und rollte seine Wange hinunter. Er wischte sie nicht fort, wagte nicht, sich zu bewegen.

Im Hintergrund schoben sich weitere Puppen auf die Bühne. Eine Marktfrau, ein Mädchen mit wallendem braunem Haar, ein Teufel, dazu noch Figuren in historischer Gewandung. Schäng kam aus dem Staunen nicht mehr heraus.

»Tant Hazzoor«, flüsterte ihm Theo zu. »Jretchen, der Krippekratz ...«

»Schschsch!«, machte Schäng. »Hör lieber zu, wie schön die Gina singt.«

»Happy birthday, dear Schääääháääääng, happy birthday to youuuuu«, schmachtete die weibliche Puppe ein letztes Mal, und ein paar Männerstimmen mischten sich leise unter den Gesang.

Links neben Schäng summte auch Theo leise mit.

Das war fantastisch! Er wollte gerade anfangen zu klatschen, da legte ihm Theo die Hand auf den Arm und sagte: »Warte noch. Guck mal, was jetzt kommt.«

Die Bühnen-Gina breitete die Arme aus, und ein verborgener Mechanismus ließ den Riesenbusen der Puppe ruckartig rauf und runter tanzen.

»Bravo!«, rief Schäng und applaudierte wie wild. »Bravo, bravo, bravo!«

Dann schob sich eine andere Puppe nach vorne. Ein Mann in einem knallblauen Kittel und mit rot kariertem Halstuch.

Schäng stutzte. »Das ist doch ...« Das Lächeln verschwand aus seinem Gesicht. »Der sieht ja aus wie ...«

»Das ist der Veries«, erklärte Theo. »Der gehört zu jedem Stück.«

»Aber der sieht genauso aus wie ...« Die Halbglatze, die schwarzen Koteletten, die große rote Knubbelnase. »Wie die Prent!«

»Stimmt. Jetzt, wo du es sagst.«

»Aber das fällt doch jedem auf! Der sieht aus wie die Prent. Das ist die Prent gespuckt!«

Theo schmunzelte. »So, findest du? Na, dann pass jetzt mal auf.«

Das Schängche trat wieder ins Zentrum der Bühne und lächelte sein schelmisches Lächeln, während das Busenwunder sich langsam zur Seite schob.

»Do bes du jo, du Prentekopp!«, rief das Schängche und streckte seinen Arm in Richtung des Blaukittels aus. Plötzlich steckte etwas in seiner geschnitzten, hölzernen Hand. Ein schwarzer, kantiger Gegenstand. Eine Pistole!

»Du Filue!«, rief der andere verächtlich.

»Du Fottjeseech!«, antwortete Schängche hämisch. Dann reckte er die Pistole nach vorne, und ein lauter Knall ertönte.

Schäng schrak auf seinem Stuhl zusammen. Die glatzköpfige Puppe warf die Arme in die Luft, taumelte stöhnend nach hinten und fiel schließlich um.

Die blonde Gina-Puppe schmiegte sich an Schängchens Seite. »Das hast du gut gemacht, Schäng«, flötete sie, und Schängche ließ lässig die Pistole sinken.

»So geht es jedem, der den Schäng übers Ohr hauen will!«, rief er mit kräftiger Stimme.

Schäng hielt es nicht mehr auf seinem Sitz. Er sprang auf und klatschte begeistert. »Toll! Das war ganz, ganz toll!«

Theo erhob sich ebenfalls. »Ich muss jetzt auch nach vorn«, sagte er leise. Er drückte Schäng zurück auf den Stuhl und schob sich zwischen den Stuhlreihen hindurch.

Das Puppenspiel ging weiter. Schäng fuhr sich mit der Zungenspitze über die Lippen und verfolgte gespannt das Geschehen. Erneut erklang das Akkordeon, und die Puppen begannen, auf der Bühne zu tanzen und wieder vielstimmig zu singen: »Wie schön, dass du geboren bist, wir hätten dich sonst sehr vermisst …«

In seiner übergroßen Freude hätte Schäng Deneffe beinahe nicht bemerkt, was sich am linken Kulissenteil abspielte, an dem alten Haus, über dessen Tür ein Schild mit der Aufschrift »Obst und Gemüse« prangte. Vor lauter Vergnügen hätte er fast nicht gesehen, dass sich die Tür langsam öffnete und eine Puppe im Rahmen erschien. Sie fiel ihm erst auf, als die Tür schon sperrangelweit offen stand. Die Nase der Figur leuchtete rot, die Glatze glänzte, und mit einem Mal übertönte ein hämisches Lachen den Gesang und die Musik. Die Puppen hielten in ihren Bewegungen inne, drehten sich alle in eine Richtung. Schängche wedelte mit den hölzernen Händen, in denen er längst keine Pistole mehr hielt, wich langsam zurück, tastete hinter sich. Doch da war keine vollbusige Schönheit mehr, da war niemand, der ihm helfen konnte, nur die gemalte Backsteinmauer.

Die Prent war wieder da!

Aber Schängche hatte sie doch erschossen!

Schäng Deneffe rutschte auf die vordere Kante seines Stuhls und knetete fahrig die Hände.

»Wenn du denkst, ich bin mausetot, dann hast du dich geschnitten!«, schallte es laut von der Bühne her, und Schäng riss vor Schreck die Hände in die Höhe.

Das konnte nicht sein! Das war unmöglich! Das war doch die Stimme von …

Hinter dem Glatzkopf trat jetzt das Busenwunder durch die Tür und schmiegte sich ganz dicht an ihn.

»Gina!«, rief Schäng panisch. »He, Gina! Scheiße, was soll das? Was bedeutet das?«

Aber Gina lachte nur und ließ wieder ihren Busen auf und ab hüpfen.

»He, Schäng!«

Sein Blick flog nach rechts.

In der Tür neben der Bühne erkannte er eine menschliche Gestalt. Ein großer, kräftiger Mann. Schäng konnte nur seine Umrisse ausmachen. Und die Glatze, auf der sich der Scheinwerfer spiegelte. Mehr musste er nicht sehen.

»Bosten?«, hauchte Schäng. »Bist du das wirklich? Die Prent?«

Die Puppen auf der Bühne waren plötzlich verschwunden.

»Jo, du Bavian«, knurrte der Mann und machte einen Schritt nach vorne, sodass das Licht auf seine rot leuchtende Knollennase fiel. »*Happy birthday*, Schäng!«

Das Mündungsfeuer einer Pistole blitzte auf, und ein Schuss krachte durch den Saal.

Schäng taumelte nach hinten. Er presste seine Hand auf die Stelle an seiner Brust, von der sich der Schmerz ausbreitete. Stühle kippten polternd um, er versuchte, sich auf einem der metallenen Beine, die jetzt in die Luft ragten, abzustützen, aber alles rutschte lärmend zur Seite. Er torkelte, fand keinen Halt, spürte plötzlich seine Beine nicht mehr und fiel schließlich rücklings zu Boden, so wie vorhin noch die Puppe auf der Bühne.

In seinem Kopf hämmerte es laut. Metallisch, klirrend, seltsam aus dem Takt. Sein Blick suchte die Decke des Raumes ab, glitt zitternd an den Rohren mit den Lüftungsgittern entlang. Es gelang ihm, den Arm zu heben und sich seine Hand vors Gesicht zu halten. Sie war so rot wie die Wände des Theaters. Blut tropfte ihm in die Augen.

Er verstand das nicht. Er verstand überhaupt nichts mehr.

Bosten war doch tot! Erschossen! Verbrannt! Er ruhte als Häufchen Asche in einer Tupperdose auf seinem Bürotisch und wartete darauf, die Reise an die Nordsee anzutreten!

Und doch war es eindeutig das Gesicht von der Prent, das sich jetzt in sein Gesichtsfeld schob.

»Warum … warum bist du nicht tot?«, röchelte Schäng Deneffe.

Der Glatzköpfige lachte trocken. »Weil ich besser schießen kann als du, alter Mann.«

»Du Krauvouel.« Schäng wollte weitere Beschimpfungen ausstoßen, aber es gelang ihm nicht mehr, Laute zu formen.

Hinter Bosten erschienen jetzt die Jungs. Theo, die Hände tief in den Taschen vergraben, Pepe, Schocki, die anderen …

»Es war Ginas Idee«, sagte Theo gefasst. »Sie wollte dir zum Schluss noch eine letzte Freude machen.«

Schäng hustete. Wo war die Schlampe? Wo war diese verdammte Hure? Er versuchte, den Kopf zu heben, um zur Bühne hinüberzusehen. Sein Blick begann sich zu verschleiern, alles verschwamm, aber er erkannte sie dennoch. Dort oben, auf der Bühne. Die blonden, langen Haare, der rote Lackrock. Stocksteif.

Und dann wurde aus Schängs Husten plötzlich ein Lachen. Er schmeckte Blut und lachte lauter und lauter. Er hatte das Gefühl, als würde es ihm den Brustkorb zerreißen.

Hoch über ihm warfen sich Bosten und die anderen skeptische Blicke zu. Theo runzelte die Stirn und nahm langsam die Hände aus den Taschen. Erschien ihnen sein Lachen würdelos? Unpassend? Sichtbar verunsichert wandten sie die Köpfe und folgten Schängs letztem Blick zur Bühne.

Die Frauenpuppe war nicht mehr allein. Eine Figur war an ihre Seite getreten, an der sie geradezu liebestoll ihren prallen Busen schubberte. Die andere Figur hatte bis jetzt noch keinen Auftritt gehabt. Der Schutzmann guckte mit streng gesträubtem Schnurrbart unter seinem Tschako hervor und hob gebieterisch den Arm.

Noppeney, fiel es Schäng in diesem Moment ein. Der Marktpolizist Noppeney, der gehörte zum Öcher Schängche dazu. Der sorgte in Schängchens kleiner Welt immer für Recht und Ordnung.

Und dann explodierte plötzlich alles in lautem Gelärm und wirrem Getümmel, als sich mit gebrüllten Kommandos und hektischen Bewegungen mehrere Polizisten durch den Eingang des Theaters und die Bühnentür drängten.

Die Jungs rissen ihre Waffen hervor, aber kein Schuss fiel. Bosten warf die Pistole weg und hob die Hände. Handschellen klickten.

Langsam wurde es dunkel. Schängs letzter Blick galt der Bühne, auf der Gina und Noppeney jetzt wild herumknutschten, und er lachte wieder. Lachte so lange, bis das Blut aus seinem Mund sprudelte und alles um ihn herum für immer schwarz wurde.

Ein entfernter Verwandter

Mein Onkel ist ganz ohne Frage
Eine grässliche menschliche Plage.
Er flucht und er stinkt,
ja, er prügelt und trinkt
und verfinstert mir all meine Tage.

Das kann nicht mehr länger so gehen.
Ich kann ihn ganz schlicht nicht mehr sehen.
Es hat keinen Zweck,
dieser Onkel muss weg.
Es muss endlich etwas geschehen!

Es erschießt ihn ein guter Bekannter,
und dann wird grob zerteilt und verbrannt er.
Und zermahlen am besten
und schnell weg mit den Resten.
Dann ist er ein entfernter Verwandter.

Der Hauch vergangener Tage

Der Mann hatte ein großes, rundes, freundliches Gesicht. Das große, runde, freundliche Gesicht eines großen, runden, freundlichen Mannes. Sein Bart war ein wenig ungleichmäßig auf dem Kinn verteilt, fast so wie der eines pubertierenden Schülers, aber er war schon von silbergrauen Fäden durchzogen. Der Mann war irgendwas um die fünfzig. Er trug ein klein kariertes Hemd mit hochgekrempelten Ärmeln und eine grüne Steppweste. Eine sandfarbene Cordhose und schwarze Gummistiefel rundeten das Bild eines Landjunkers ab.

»Frau Genswein! Donnerwetter, das nenne ich mal einen frühen Vogel!«, rief er fröhlich und drehte den Schlüssel im Vorhängeschloss herum. Dann zog er die Kette heraus, die die beiden Torflügel über Nacht miteinander verbunden hatte. »Sie sind ja viel zeitiger da, als ich das erwartet hatte!«

Die Frau war ein wenig außer Atem. Der Weg vom Parkplatz hier hinauf war steil und nicht besonders trittsicher. »Guten Tag, Herr Firnbusch«, sagte sie und stützte sich mit der Rechten an einen der Torpfosten. »Ganz schön staubig, der Weg. Und auch ziemlich rutschig, so mit dem feinen Kalksplitt.«

Er nickte verständig. »Hm, ja, da haben Sie natürlich recht. Ich habe da auch schon Pläne. Wenn es nicht so trocken ist, ist es übrigens besser. Für heute Abend ist endlich Regen vorhergesagt. Ist auch dringend nötig.« Sein Händedruck war fest, er schien von Herzen zu kommen. »Herzlich willkommen!«, sagte er. Es klang ehrlich.

»Ja, ein bisschen Regen kann nicht schaden. Alle stöhnen unter der Hitze.« Sie fächelte sich mit der flachen Hand Luft zu.

»Dann mal hereinspaziert!« Er machte eine große Geste. »Sie betreten jetzt historisch bedeutsamen Boden. Willkommen auf Burg Drosselfels. Erbaut 1158 vom Fürsten Eginbold von Tümpelbach.«

Hilke Genswein trat durch das Tor auf den offenen Platz mit den Holzbänken und -tischen, setzte ihre Tasche ab und blickt sich um. Zur Rechten stand ein kleines, quadratisches Gebäude aus Backstein mit einem Satteldach aus mattschwarzem Trapezblech. Burg-Shop stand auf einem Schild über der Eingangstür. Zur Linken führten ein paar verwitterte Steinstufen den Hang hinauf. Aus dem grünen Gebüsch darüber ragte steil der Teil einer Ruine in den Himmel.

»Das ist der Finger des Erzbischofs.«

»Erzbischof?«

»Balduin von Luxemburg, der Erzbischof von Trier, hat hier drei Wochen in Gefangenschaft gesessen. Seine Gebete sollen erhört worden sein, als ein Blitz in den Bergfried einschlug und ihn in Trümmern legte. Der Bischof konnte entkommen.«

»Wann soll das gewesen sein?«

»Das war im Jahre 1218.«

Hilke Genswein deutete in Richtung Shop. »Haben Sie auch WCs da drin?«

»Ja klar«, sagte Firnbusch stolz. »Auch getrennt nach Männern und Frauen.« Er eilte vor ihr her, schloss die Tür auf und hängte, bevor sie eintrat, rasch das »Geöffnet«-Schild an die Tür. »Das war das Torhaus. Es wurde im Dreißigjährigen Krieg zerstört, aber wir haben es nach alten Plänen an derselben Stelle errichten lassen«

Sie verschwand hinter einer Holztür.

Als sie wenig später die Toilette wieder verließ, hatte sie Worte des Lobs für ihn parat: »Sehr sauber.«

»Alles nagelneu. Wir haben viel investiert.«

»Wirklich ordentlich.« Sie schnüffelte an ihren Fingern.

»Das ist die gute Eginbold-Fürstenseife. Können Sie hier im Shop kaufen. Mit Kräutern, die Eginbold früher im Garten der Burg anbauen ließ. Melisse, Salbei, Beinwell, Rosmarin …«

»Es riecht aber irgendwie nach …«

»Kiwi-Extrakt. Ach, und gucken Sie mal hier!« Er zeigte auf ein großes, gerahmtes scheinbar antikes Pergament. »Der Stammbaum der Fürstenlinie derer zu Tümpelbach, also meine Vorfahren. Ich heiße ja auch Hans-Ludwig Firnbusch zu Tümpelbach. Also ganz offiziell. Sagt aber keiner. Das hier ist Eginbold …« Er drückte den dicken Finger zuerst auf die Wurzel des Baumes und dann mit den Worten »Und der da bin ich« auf eine der äußersten Spitzen der Verzweigungen. »Es gibt noch eine tabellarische Auflistung von der Universität Vechta, die geht sogar bis zu Karl dem Großen zurück.«

Es klang sehr ehrfürchtig. Sie nickte unsicher. Ein großes Portrait auf der Wand hinter dem Verkaufstresen erregte ihre Aufmerksamkeit. Es zeigte einen Mann mit buschigen Augenbrauen und Vollbart in einer Rüstung. »Fürst Odebrecht von Tümpelbach, vierzehntes Jahrhundert, Urgroßonkel vom berühmten Feldherrn Wallenstein. Alles Verwandtschaft.«

Sie sah ihn skeptisch an.

»Ist natürlich nur eine Kopie. Das Original hängt in … na … Schweden … Dänemark … Litauen … Also im Ausland. Leider.« Er wies auf ein anderes Ausstellungsstück hin, das deutlich kleiner, direkt neben ihnen an der Wand hing. »Hildebrand von Tümpelbach war Kreuzritter. Der Schwager von Richard Löwenherz. Weiß kaum einer, ist aber so. Und der brachte das da aus dem Heiligen Land mit.«

Sie trat näher heran. War das ein kleines, gelbliches Steinchen auf rotem Samt? Nein, es war … »Es sieht aus wie ein Zahn.«

»Richtig, bravo! Gut erkannt!« Fast hätte er ihr auf die Schulter geklopft. »Ein Milchzahn Jesu. Hat auch nicht jeder!«

»Ja, das stimmt wohl.«

Firnbusch rückte mit großer Geste einen kleinen Weidenkorb auf der Verkaufstheke zurecht. Er war randvoll mit kleinen Tütchen. In allen waren kleine, gelbe Zähne drin.

»Liebevoll geschnitzte Repliken. Speckstein. Sind sehr beliebt! Zweifuffzich. Hier, ich gebe Ihnen eins mit. Geht aufs Haus.«

Sie wehrte ab. »Herr Firnbusch, ich komme vom Eifelverein, und …«

»Weiß ich! Weiß ich ja!«

»… und ich bin nicht an irgendwelchen Devotionalien interessiert. Ich bin geschickt worden, weil uns Ihre Beschwerde erreicht hat, dass Ihre Burg …«

»Die Burg meiner Vorfahren!«

»… dass Ihre Burg bislang zu wenig Beachtung in unseren Publikationen und bei unseren Wanderrouten et cetera gefunden hat.«

»So ist es!« Er strahlte sie wonnig an. »Es bedeutet uns sehr viel, dass Sie uns extra aufsuchen. Die Burg scheint ja von besonderem Interesse für Sie zu sein.«

»Wenn Sie sagen *wir* und *uns*, wen meinen Sie da? Haben Sie Mitarbeiter?«

»Im Moment nicht. Die haben alle Urlaub.«

»Herr Firnbusch, ich bin hier, weil wir Ihre Burg …«

Er wollte wieder etwas einwerfen, aber ihr drohender Blick ließ keine weitere Unterbrechung zu.

»… weil wir Ihre Burg vergeblich in den einschlägigen kulturhistorischen Datenbanken gesucht haben.«

»Ist ja auch kein Wunder! Die Eifel ist die burgenreichste Region Deutschlands! Da wird ja schnell mal so eine Ruine übersehen.«

»Aber sie ist *nirgendwo* verzeichnet!«

»Das ist doch nachvollziehbar! Sie wurde ja erst jüngst entdeckt!«, beschwor er sie. »Von mir! Durch einen Zufall! Ich wollte hier oben einen Weinberg anlegen und habe angefangen, das Gestrüpp zu roden.«

»Einen Weinberg? Hier auf sechshundertfünfzig Metern Höhe?«

»Oh ja, mein Urahn Ernst-Roderich von Tümpelbach hat hier Wein angebaut. Bis ins neunzehnte Jahrhundert hinein! Tümpelbacher Schieferbruch. Können Sie hier im Shop kaufen.« Er war zu einem Regal gesprungen und zog eine Flasche heraus. »Kommt natürlich heute von der Mosel, aber schauen Sie mal, das Etikett ist eins zu eins die Reproduktion der letzten echten Flaschen!«

»Herr Firnbusch ...«

»Einen Kaffee?«

»Nein, ich möchte jetzt ...«

»Aus der Dauner Kaffeerösterei. Die Fürstin-Erdmuthe-Röstung, speziell für uns hergestellt. Mit Zimt und Kardamom, benannt nach meiner Vorfahrin Erdmuthe, der Archäologin. Sie war viel im Vorderen Orient, zuletzt auch zusammen mit Schliemann in Troja. Eine Großtante der englischen Königin, nebenbei bemerkt. Irgendwann werde ich mir übrigens mal einen Überblick über die Thronfolge verschaffen ...«

»Herr Firnbusch, ich möchte nun endlich die Burgruine in Augenschein nehmen.«

»Aber natürlich, klar!« Er führte sie auf den Vorplatz und stapfte vor ihr die Steinstufen hinauf. »Es ist gut, dass Sie so früh gekommen sind. In spätestens einer Stunde wimmelt es hier nämlich vor Touristen, da hätte ich gar keine richtige Zeit für Sie gehabt.«

»Ihre Hinweisschilder unten an der Straße sind ja nicht zu übersehen. Was bedeutet denn eigentlich *Biologisch zertifizierte Ruine*?« Sie atmete jetzt wieder schwer. Der Weg bergauf war steil und anstrengend, und die Temperaturen stiegen an diesem Sommertag schon wieder ungewöhnlich schnell.

»Dieses herausragende Prädikat verleiht die ZE-KÖBGG, die Zentral-Europäische Kommission für Ökologisch-Botanische Grünflächengestaltung. Wir haben uns freiwillig verpflichtet, eine Bergparklandschaft komplett ohne Spritzmittel oder Dünger, nur mit historischen Sämereien aus mindestens vier Generationen ununterbrochen ökologischer Aufzucht anzulegen. Theoretisch können Sie alles, was hier wächst, essen. Achten Sie mal rechts und links auf die Pflanzen.«

»Ich sehe nur Gestrüpp.«

Er lachte. »Ja, wenn man es nicht weiß, sieht es nach Gestrüpp aus. Aber es sind orientalische Heilpflanzen. *Pharaonenstab, Mesopotamische Mauerminze* und *Beduinenkraut*. Gekreuzt mit hiesigen Pflanzen, daher sehen sie aus wie gewöhnliche Brennnesseln oder Disteln.«

Endlich erreichten sie die ersten Mauerreste.

Hilke Genswein hängte ihre Tasche von der rechten auf die linke Schulter und beugte sich zu den Gesteinsbrocken hinunter.

»Sagen Sie mal«, murmelte Firnbusch beiläufig. »Sind Sie eigentlich qualifiziert? Also so richtig? Denkmalschützerin? Oder Sachverständige oder so was?«

»Allerdings.« Das kam sehr knapp und klang überaus bestimmt. »Ich bin Bauhistorikerin.«

»Ich frag ja nur.« Sein Finger deutete auf die Fugen zwischen den Steinquadern. »Die konnten mauern, was?«

Sie antwortete nicht, sondern schritt in gebeugter Haltung ein etwa vier Meter langes Mauerstück ab. Ihre Hände tasteten über den Stein, ihre Finger fuhren die Mauerritzen entlang.

»Mein Vorfahr Fredebold von Tümpelbach hat Pferde gezüchtet, im dreizehnten Jahrhundert«, plauderte Firnbusch und ruderte mit den Armen. »Soweit Sie blicken können, waren das alles seine Ländereien. Von Üdersdorf dahinten bis fast nach Neroth. Die Pferde waren Reittiere, die aber auch auf dem Feld eingesetzt wurden. Große Tiere, mit kräftigem Hals und ausdrucksvollem Kopf. Sind dann später als Holsteiner berühmt geworden.«

Die Fundamente zeichneten sich auf dem Felsplateau mit einem Grundriss von etwa sechseinhalb mal vierzehn Metern ab. Hier und da waren sie komplett weggebrochen, an anderer Stelle waren sie mannshoch mit Fensteröffnungen erhalten. An der südwestlichen Ecke des Areals ragte der *Zeigefinger des Erzbischofs* etwa fünf Meter in die Höhe.

In der Mitte der freien Fläche war ein kreisrund aufgemauerter Brunnen zu sehen.

»Da unten gibt es Knochen«, sagte Firnbusch und beugte sich über die Öffnung. »Wenn es trocken ist, so wie jetzt, dann kann man sie auf dem Grund erahnen. Angeblich sind es die von Auguste von Tümpelbach, die ihr eifersüchtiger Ehemann hier hineingeworfen haben soll, weil sie was mit Fürst Bismarck am Laufen hatte.« Er stützte sich mit den Händen auf dem Mauerrund ab und blickte in die Tiefe. »Ja, genau, *der* Fürst Bismarck.«

»Herr Firnbusch.« Hilke Genswein räusperte sich. Sie hatte die Tasche abgesetzt und faltete die Hände. Man erkannte, dass sie sich konzentrierte und nach den richtigen Worten suchte. »Ich habe in München Geschichte studiert und danach in Prag ein Aufbaustudium Baudenkmalpflege absolviert. Ich bin seit vierunddreißig Jahren selbstständig, werde wegen meiner Fachkompetenz überall sehr geschätzt und stehe dem Eifelverein ehrenamtlich mit meinem fachlichen Urteil zur Seite.«

»Ich finde das toll!«

»Was ich hier vorfinde, stellt Ihren Angaben zufolge die Ruine einer Art Fliehburg dar, in sehr exponierter Lage, ehemals möglicherweise – wie es bei solchen Arten von Burgen zumeist der Fall ist – weiträumig umfasst von einer Art Vorburg, deren Überreste ich von hier aus nicht sehen kann.«

»Na, dann kommen Sie mal mit! Sie werden staunen! Ich zeige sie Ihnen!« Er machte bereits weit ausholende Schritte in Richtung Treppe.

»Halt!«

Firnbusch wandte sich um und kam langsam zu ihr zurück.

»Den Rest brauche ich mir gar nicht anzusehen!«

»Nein?«

»Nein!«

»Warum nicht?«

Ihre Augen verengten sich zu Schlitzen, eine senkrechte Zornesfalte grub sich tief zwischen ihre Brauen. »Halten Sie mich eigentlich für total behämmert?«

Er blickte betreten zu Boden.

»Ich habe jetzt schon genug von Ihrem Seifen-, Heilpflanzen-, Milchzahn-Firlefanz! Ich bin vom Fach, Herr Firnbusch! Mehr muss ich da gar nicht sehen!« Sie deutete auf die Mauerreste. »Fertigzement! Seit wann ungefähr, würden Sie sagen, wurde im Mittelalter mit Fertigzement gearbeitet?«

Der große, dicke Mann betrachtete verlegen seine Fingernägel.

»Dieses Teilstück da ist aus Kalksandsteinen errichtet worden! Verputzt mit einem Kalk-Zement-Leichtunterputz Typ I.«

Firnbusch schnappte stumm nach Luft.

»Und was soll das da oben sein?«

»Das ist ein Stück vom alten Wehrgang.«

»Ich sehe Waschbetonplatten! Und Metallwinkel aus VA-Stahl. Und das da?«

»Die Fensteröffnungen?«

»Mit Heraklit kaschierte Rollladenkästen? Wer hat die einbauen lassen? Fürst Dödelbold von Trümpelpümpelshausen? Für Erzbischof Ravioli von Posemuckel?«

»Ich muss ja immer nach den Baumarkt-Sonderangeboten gucken, sonst …«

»Sie sind ein Betrüger, Herr Firnbusch! Das ist keine historische Burg, das ist ein gigantischer Haufen von zusammengedübeltem Mumpitz! Damit können Sie vielleicht ein paar vertrauensselige Touristen täuschen, aber nicht …«

»Ich bin kein Betrüger!«, sagte er plötzlich trotzig. »Das ist alles wahr!«

»Das ist alles. Eine. Fette. Lüge. Ihre ganze beknackte Familienhistorie ist ein einziger himmelschreiender Blödsinn!«

»Aber …«

»Nein!«

Er rang nach Worten, aber er fand sie nicht.

»Könnten Sie nicht wenigstens eine klitzekleine Empfehlung …?«

»Den Teufel werde ich tun!«

»Sie könnten nicht doch vielleicht die Burg in die Liste der Baudenk…«

»Unter gar keinen Umständen.«

Firnbusch ließ die Schultern sinken und seufzte tief.

So beredt er auch war, er war dieser Frau in einer Diskussion nicht gewachsen. Dabei hatte er doch die ganze Zeit das Gefühl gehabt, er habe sie mit seinen Ausführungen überzeugt. Sie wirkte doch eigentlich überaus interessiert!

Jetzt schien er ihr leidzutun. »Ich erkenne ja all die Mühe, die Sie sich gegeben haben«, sagte sie mit fast besänftigtem Ton. »Aber es ist leider nicht daran zu rütteln, Ihre Burg ist nun mal nichts anderes als eine plumpe Fälschung.«

Firnbusch schnaufte jetzt wütend und ballte die Fäuste. Dann machte er überraschend ein paar entschlossene Schritte auf sie zu, packte sie, bevor sie überhaupt reagieren konnte, um die Hüfte und hob sie hoch. Sie schlug mit den Händen um sich und versuchte, nach ihm zu treten, aber er reagierte gar nicht und stieß sie kraftvoll von sich, sodass sie im nächsten Moment laut schreiend rücklings in den Brunnen stürzte.

»Ich hab die Schnauze voll!«, brüllte er ihr hinterher. »Ich kann euch alle nicht mehr sehen, ihr elende Bande von Klugscheißern! Jeder von euch weiß alles besser!

Die Touristiker aus Prüm! Die Wirtschaftsförderung aus Daun! Die Denkmalschützer aus Trier! Ihr könnt allesamt verrotten, da unten! Eure Knochen findet hier keiner! Ich komme auch ohne euch zurecht!«

Wütend schleuderte er ihr die Tasche hinterher in die Tiefe und stapfte davon.

Er ging die steinernen Stufen hinunter und fluchte bei jedem Schritt leise vor sich hin. Wieder nichts! Wo sollte er diesmal mit dem Auto hin? Ihm fiel bald nichts mehr ein.

Als er auf dem unteren Platz ankam, sah er ein junges Paar, das gerade den Weg vom Parkplatz heraufkam. Ein Gefühl der Zufriedenheit stellte sich auf der Stelle ein. Die Touristen kamen, auch ohne die Mithilfe dieser arroganten Idioten.

»Immer hereinspaziert!«, rief er. »Herzlich willkommen auf Burg Drosselfels!« Er breitete einladend die Arme aus.

»Boah, toll«, hauchte die junge Frau, ein naives Ding mit blondem Pferdeschwanz. »Eine verwunschene Burgruine. Machen Sie auch Hochzeiten?«

»Noch nicht«, sagte Firnbusch. »Kommt aber noch.«

»Super. Auch mit Liebesschlössern festmachen und so?«

»Aber natürlich.«

»Haben Sie Andenken?«, fragte der junge, vielfach gepiercte Mann.

»Oh, aber sicher! Die finden Sie hier.« Firnbusch deutete einladend in Richtung Burg-Shop.

In diesem Moment war in der Ferne eine Stimme zu hören.

»Hilfe!«

Die junge Frau schrak zusammen und klammerte sich an ihren Freund.

»Hört mich denn keiner?«

»Voll gruselig«, hauchte das Mädchen.

»Holen Sie mich hier raus, Sie Wahnsinniger!«

Der junge Mann grinste sie abfällig an. »Och komm, Schatz, kommt vom Band, hört man doch.«

Firnbusch ließ die Augenbrauen in die Höhe tanzen und beugte sich mit einem hintergründigen Grinsen zu der jungen Frau hinunter. »Vom Band? Ich muss euch leider enttäuschen. Hier oben ist alles echt. Alles! Das ist unser Burggespenst, Auguste von Tümpelbach, eine uneheliche Nichte zweiten Grades des französischen Kaisers Napoleon. Ihre Gebeine liegen tief unten im Brunnen. Wenn es lange trocken ist, so wie diesen Sommer, dann kann man sie hören.«

»Ich will sofort hier raus, Sie Scheißkerl! Sie verdammtes Schwein!«

»Krass«, sagte das Mädchen. »Voll gruselig.«

»Auguste war schon immer ein sehr gewöhnliches Frauenzimmer.« Firnbusch legte den Kopf in den Nacken, beschattete den Blick mit der flachen Hand und suchte den Himmel nach Wolken ab. »Heute Abend soll es endlich ein ordentliches Gewitter geben. Dann ist der Brunnen im Nu wieder gefüllt, und dann hört man auch die fürchterlichen Schreie nicht mehr.«

All die schönen letzten Worte

Harald ist bei seiner Oma aufgewachsen. Das erklärt nicht alles, aber vieles. Die meisten Dinge liegen in der Kindheit begründet, und wenn jemand ohne die Fürsorge der leiblichen Eltern heranreift, dafür aber ummantelt von der Warmherzigkeit einer alten Frau, mitten im Nirgendwo, zusammen mit Schafen und Hühnern, dann ist die Wahrscheinlichkeit, dass er sich anders entwickelt als andere Menschen, sehr hoch. Harald ist sanftmütig und freundlich. Er hat einen Beruf ergriffen, in dem er Anderen helfen kann. Er ist Rettungssanitäter. Früher wäre er gerne einmal Landvermesser geworden oder Insektenforscher. Das waren Berufe, die er aus Abenteuerbüchern kannte. Aber als seine Oma starb, wurde er in die reale Welt hinausgestoßen und versucht seither, sich darin halbwegs zurechtzufinden.

Als sie von ihm gegangen ist, hat seine Oma ihn noch einmal angelächelt, hat mit einer Stimme, die klang wie das Gurgeln und Glucksen einer Haferschleimsuppe auf kleiner Flamme in einem blechernen Kochtopf, gesagt: »Wer weggeht, vergeht nicht«, und dann hat sie für immer die wässrigen Augen geschlossen.

Diese letzten Worte hat Harald nie vergessen. Sie sind so durchdrungen von Warmherzigkeit und Güte, so voller Trost. Er hat sie in eine Kladde geschrieben, die ihm die Oma damals zum Schulbeginn geschenkt hat. Ein kleines Büchlein mit marmoriertem Einband und schwarzem Leinenrücken.

Heute, viele Jahre später, sind die Ecken der Kladde abgestoßen, der Karton des Deckels zerkratzt. Und im Inneren stehen mittlerweile auf dem unlinierten Papier unter den letzten Worten seiner Oma zahlreiche andere Sätze. Alle in Haralds unsteter, stark nach links geneigter Schrift.

»Muss ich schon gehen?«, steht da. Oder: »Halten Sie mich bitte ganz fest«, und auch: »Mir wird so kalt.«

Er hat diese Sätze den Menschen abgelauscht, bei deren letzten Atemzügen er zugegen gewesen ist, denen er die Augen geschlossen hat. In seinem Beruf hört Harald häufig letzte Worte. Dann, wenn jede Hilfe zu spät kommt, wenn das Leben endgültig den müden Körpern entsteigt. Bei Unfällen oder nach Gewalttaten oder wenn einfach jemand die Treppe hinuntergestürzt ist oder in der Fußgängerzone mit einem Herzinfarkt zusammenbricht.

»Bald kommt der Frühling.« Das sagte ihm die junge Frau vom Minigolfplatz, die zum Ende der Winterpause die Golfschläger sortiert hat und dabei zusammengebrochen ist. Ein faustgroßer Tumor hatte sich in ihrem Gehirn breitgemacht, so hat er später erfahren. Harald macht sich auch kleine Notizen, wer ihm diese letzten Worte geschenkt hat und wo. Das hilft ihm bei der Erinnerung an diese ganz besonderen Momente.

»Jetzt setze ich mich ich zu meiner Margot an den Tisch«, sagte ihm lächelnd ein alter Mann, der nach einem Badeunfall reanimiert wurde, aber im Rettungswagen dann doch verstarb. Was für ein schönes Bild: endlich wieder gemeinsam am Tisch zu sitzen.

Aber es ist nicht immer alles schön, was Harald da in seinem Büchlein festhält. Dort sind auch Sätze zu lesen, denen keinerlei Anmut und keine Ehrfurcht vor dem letzten Augenblick innewohnen. Harald fragt sich manchmal, wie die Leute nur darauf kommen, diese letzte Botschaft für die Nachwelt so nachlässig, ja manchmal unwürdig zu formulieren.

»So eine elende Sauerei!«, hat jemand gesagt. Und auch: »Verdammt, komme ich jetzt neben meine Frau?« Einer hat noch mit letzter Kraft geschrien: »Hier erbt keiner was!«

Diese Art von letzten Worten schreibt Harald immer in Rot nieder.

Es werden immer mehr Sätze in Rot. Zu viele. Harald ärgert das maßlos. Wie wenig Wert die Menschen darauf legen, ihren letzten Gedanken eine feierliche Gestalt zu verleihen! Die Welt wird rauer und kälter.

Viele sagen geradezu Blödsinniges:

»Ich wollte doch noch zum Friseur.«

»Sagen Sie Werner, er kann den Rasenmäher wiederhaben.«

»Nimm die Finger weg, du Arsch.«

Unbedeutende Nichtigkeiten!

Harald muss wieder einmal daran denken, als er jetzt so in der Herbstsonne im Straßencafé neben dem Bahnhof sitzt und in seinem Tee rührt. Sein Urlaub geht langsam zu Ende. Er hat ihn bei sich zu Hause in der Stadt verbracht. Die Zeit ist viel zu knapp gewesen, um all die Dinge zu erledigen, die er schon lange vor sich hergeschoben hat. Er hat das Esszimmer neu gestrichen und das Fahrrad zur Reparatur gebracht. Er hat die drei losen Kacheln im Badezimmer neu verklebt und endlich den Abfluss des Waschbeckens gereinigt. Wie heißt noch das Gerät, mit dem er das gemacht hat? So ein Stiel mit einem roten Saugpfropfen daran …

Übermorgen wird er wieder zur Arbeit gehen. Er genießt diese letzten freien Stunden. Wenn er unterwegs ist, schnappt er immer wieder Gesprächsfetzen aus den Unterhaltungen der Leute ringsum auf. Sein Gehör ist schon seit Langem besonders geschärft. Auch in der Freizeit hört er viel belangloses Zeug. Alles wird immer beliebiger, seelenloser, alles ist völlig ausgehöhlt.

Er beginnt, in der kleinen Speisekarte zu lesen. Das macht er manchmal, um seine Gedanken abzuschalten, die sich ja doch immer nur um das eine große Thema drehen.

So viele berühmte Leute haben so würdevolle, kluge letzte Worte hinterlassen. »Es gibt keine anderen Welten mehr zu erobern«, hat Alexander der Große in seinen letzten Sekunden gesagt. Oder Oliver Cromwell: »Mein Plan ist es, mich zu beeilen, vergangen zu sein.« Nun gut, das mit Goethes »Mehr Licht« war auch ein bisschen profan, aber es regte immerhin die Nachwelt zum Denken an.

Harald denkt daran, dass er am Abend den gelben Sack mit dem Plastikmüll an die Straße stellen muss. Bei seiner Oma gab es früher keinen Plastikmüll. Da gab es ja gar kein Plastik. Überhaupt kaum Müll. Sie verfütterte alle Reste an den Hund, die Katze und die Hühner. Ob Hühner, die geschlachtet werden, auch eine letzte Botschaft an die Nachwelt hinausgackern? Oder Hunde, die beim Tierarzt eingeschläfert werden – ahnen sie, dass es zu Ende geht? Ist das letzte Bellen, das finale Knurren, dem die große Stille folgt, ein kluger Gedanke für die Hinterbliebenen?

Sosehr er sich auch anstrengt, der Name des Sauggeräts mit dem roten Pfropf will ihm einfach nicht einfallen.

Harald ist am Ende der Speisekarte angekommen. Die Gerichte sind dieselben wie fast überall in diesen Straßencafés, die Preise sind unverschämt. Eigentlich hat er auch gar keinen Hunger.

»Richtig ist, was das Herz der Seele zuflüstert.« Die Worte reißen ihn aus seinen Gedanken. Er wendet langsam den Kopf nach links.

»Das weiß ich seit gestern Abend. Meine Seele ist müde, hörst du?« Am Nebentisch sitzt eine junge Frau und führt ein Telefonat. Sie tut es leise und verschämt, was ihm sehr gefällt. Unwillkürlich beginnt er, dem Gespräch zu lauschen. Zeitweise versteht er nichts und vernimmt nur ein sanftes Raunen, dann aber kann er wieder einzelne Worte heraushören. Schöne Worte.

»Natürlich erinnere ich mich, das war letztes Jahr. Wir haben das Leben gefeiert.« Ein Seufzer. »Es scheint mir so unglaublich lange her. Das Leben ist …« Am anderen Ende unterbricht sie jemand.

Haralds Hände spielen nervös mit der Karte. Er strengt sich an, um möglichst viel mithören zu können. »Nein, nein, keine Angst, diesen Schatz werde ich dir nicht fortnehmen.«

Dann wird ihr Tonfall düster. »Und dennoch ist es zu spät. Wir haben es verschenkt, das musst du erkennen.«

Harald runzelt die Stirn. Was ist da geschehen? Eine Trennung?

»In dir bleibt mein Bild, so, wie ich war.«

Oh ja, ein Abschied, ganz ohne Zweifel.

Er neigt den Kopf ein wenig, um sie besser sehen zu können. Sie ist schlank, trägt einen olivfarbenen Pullover mit großem Rollkragen. Sie hat blondes Haar, seitlich gescheitelt, zum Pferdeschwanz zurückgebunden, ein ungeschminktes, schönes Gesicht mit einem ernsten Zug um den Mund. Er registriert die Schatten um ihre Augen. Unverkennbar wohnt da ein großer Kummer in ihren Zügen. Sie nickt, während sie zuhört. Nickt immer wieder. »Wir werden uns nicht mehr sehen«, sagt sie dann. »Das hat das Schicksal sich so zurechtgelegt.« Sie nickt ein weiteres Mal und flüstert schließlich: »Adieu.« Dann drückt sie eine Taste auf dem Mobiltelefon und starrt das Gerät einige Minuten lang an.

Harald ist ergriffen. Was für wundervolle Sätze sie formuliert. Ob sie das beruflich macht? Ist sie eine Autorin? Dichterin? Es hat geklungen wie aus einem sehr traurigen Roman.

Er beobachtet, wie sie ihren Kaffee austrinkt. Mehr scheint sie nicht verzehrt zu haben. Ihr Telefon klingelt.

Sie schaut auf das Display, beißt sich auf die Unterlippe und flüstert leise zu sich: »Zu spät.«

Dann legt sie einen Zwanzigeuroschein neben die leere Tasse und steht auf.

Jetzt ist Harald alarmiert. Was für ein absurd hohes Trinkgeld!

Er hat bereits bezahlt, das macht er immer gleich nach dem Bestellen. Kurz entschlossen hastet er hinter der jungen Frau her.

Als sie mit gesenktem Kopf über den Gehsteig davongeht, erkennt er, dass sie hinkt. Sie zieht das linke Bein deutlich nach. An der Ampel bleibt sie stehen und presst die rechte Hand in den Magen. Sie scheint Schmerzen zu haben. Jetzt meldet sich wieder ihr Mobiltelefon, und Harald, der ganz nahe bei ihr steht, hört, wie sie sagt: »Nein, du musst mich nicht vom Bahnhof abholen. Ich bin noch in Bonn und komme erst mit dem letzten Zug. Geht ruhig schon vor. Ich werde rechtzeitig zum Film da sein.« Sie lacht auf und meint heiter: »Meine Liebe, du sollst dir doch nicht solche Sorgen um mich machen. Du kennst mich doch, ich bin eine Aster, ich blühe erst im Herbst richtig auf!« Und wieder lacht sie, aber Harald kann von der Seite sehen, dass es ein gequältes, unehrliches Lachen ist. Als sie das Gespräch beendet, sagt sie sanft: »Leb wohl, meine Vertraute.«

Die Ampel springt auf Grün, und sie überquert humpelnd die Straße.

Sie ist nicht in Bonn! Sie ist in einem kleinen Städtchen am Rande der Eifel. Wen lügt sie da an? Jemanden, der sich um sie sorgt. Es klang nach einer guten Freundin. Warum sorgt man sich um sie? Ist sie krank? Warum presst sie immer wieder die Hand in den Magen? Das Humpeln … Harald ist sich sicher, dass sie alles andere als gesund ist.

Als sie auf der anderen Seite angekommen sind, schaut sie sich suchend um. Harald versucht, sich aus ihrem Blickfeld zu stehlen. Sie liest die Hinweisschilder. Die Pfeile deuten in verschiedene Richtungen. Sie entscheidet sich schließlich und folgt dem Weg bergauf. Er führt zum Aussichtsturm.

Dort ist Harald schon lange nicht mehr gewesen. Vor fünf oder sechs Jahren sind sie einmal mit dem Rettungswagen dort gewesen. Ein junger Mann hat sich hinuntergestürzt. Offenbar aus Liebeskummer. Harald hat die Worte »Sag der blöden Schlampe, sie soll mit ihrem Arschloch glücklich werden« gehört und kopfschüttelnd in seiner Kladde festgehalten. In Rot natürlich. Wie unangemessen für einen so feierlichen Moment!

Unentwegt geht die junge Frau voran, auch wenn ihr das große Schmerzen zu bereiten scheint. Ihr Hinken scheint stärker zu werden. Irgendwann bleibt sie an einer Straßenecke stehen und lehnt sich anscheinend erschöpft gegen eine Hausmauer. Sie holt ihr Mobiltelefon hervor und tippt eine Nummer ein. Es dauert nur einen Moment, bis sie beginnt, zu sprechen: »Hallo Papa, ich weiß, dass du im Augenblick nicht ans Telefon gegen kannst. Ich wollte dir nur einen Gruß schicken und dir rasch sagen, dass du der beste Vater bist, den sich ein Mensch nur wünschen kann. Ich denke immer an das, was du gesagt hast: Ein Abschied ist ein Tor zu einer neuen Welt.« Ihre Stimme zittert. Ein paar Worte flüstert sie dann so leise, dass Harald sie nicht verstehen kann. Sie löst ihren Haargummi, um ein paar Strähnen einzufangen, die sich gelöst haben, und sie glatt zurückzustreichen und erneut zum Pferdeschwanz zu binden.

Es gibt immer wieder Selbstmorde an diesem Turm. Ein schlanker, weiß gekälkter Eckturm der früheren Stadtmauer, steil von einem hohen Felsvorsprung aufragend. Von seinem Plateau aus kann man weit über die Kölner Bucht schauen.

Was sie da vorhin gesagt hat, bestärkt Harald in seiner Vermutung. Sie sucht diesen Turm aus einem ganz bestimmten Grund auf. Es sind so schöne Worte, die sie verwendet! Es ist, als habe der Himmel sie und ihre wunderbar sanften Worte geschickt, um ihn von seinen profanen Gedanken abzulenken, ihn daran zu hindern, weiter über Waschbeckenabflüsse und die Namen irgendwelcher Saugnäpfe nachzudenken!

Sie verschwindet durch die steinerne Öffnung ins Innere des Turms. Zwei Menschen sind gerade erst herausgekommen. Es ist nicht viel los heute. Womöglich ist sie jetzt allein dort drinnen. Er zögert nicht, sondern hastet hinterher. Harald tritt leise auf, sie soll ihn keinesfalls bemerken.

Breite, krumm getretene Stufen führen ihn in die Höhe. Die Schritte der jungen Frau hallen vor ihm durch das kühle, staubige Dunkel. Immer wieder bleibt sie stehen. Er hört ihren schweren Atem. Sie sind wahrscheinlich nur wenige Meter voneinander entfernt, aber die Krümmung des sich nach oben windenden Ganges bietet ihm einen guten Schutz. Es geht weiter und weiter. Nach einer Weile hört er Stimmen am unteren Ende der Treppe. Es sind piepsende Kinderstimmen. Aber dann werden sie von einer Frauenstimme weggelockt: »Nein, wir gehen nicht da hoch. Das ist zu gefährlich!«

Harald lauscht angestrengt nach oben, aber er hört sie nicht mehr. Er geht weiter. Angstvoll. Kommt er zu spät? Auf die vor ihm liegenden Stufen fällt jetzt heller und heller werdendes Licht. Sie haben das Plateau erreicht.

Vor ihm öffnet sich ein nach oben spitz zulaufender Torbogen aus Sandstein.

Als Harald vorsichtig um die Ecke späht, sieht er sie!

Sie hat ihm den Rücken zugewandt und stützt sich mit beiden Händen am oberen Rand des Mauerrunds ab. Den Kopf hat sie gesenkt. Ein paar Strähnen haben sich wieder aus dem Haargummi befreit und tänzeln in der sanften Brise.

Sie sammelt sich, rafft offenbar all ihren Mut zusammen. Wie wird sie sich über die Brüstung bewegen? Wird sie sich seitlich hinaufschwingen, dann ihre Beine darüberwerfen und sich im Sitzen abstoßen? Oder wird sie erst das eine Knie auf die Steinquader legen, dann das andere nachziehen, um sich dann aufzurichten und aus dem Stand zu springen?

Sie wird es tun, daran hegt Harald keinen Zweifel. Und sie wird beim Sterben zum Abschied die allerschönsten Worte sagen, das weiß er! Er hat ihre Gespräche belauscht. Sie ist eine Frau mit Geist und Seele, sie hat Charme und Stil.

Jetzt hebt sie langsam den Kopf und nimmt die Arme von der Mauer.

Aber Harald durchfährt plötzlich ein schrecklicher Gedanke wie der Blitz eines Sommergewitters: Nie im Leben wird er rechtzeitig unten sein, um ihre wunderschönen letzten Worte zu hören!

Der Turm selbst ist etwa vierzig Meter hoch, der felsige Abhang darunter vielleicht weitere zwanzig Meter. Je nachdem wie sie stürzt, wird sie ganz bis unten gelangen, aber es kann auch sein, dass sie vorher auf dem schroffen Kalksteinfelsen aufschlägt. Harald versucht sich die Situation ins Gedächtnis zurückzurufen, die er seinerzeit bei dem Selbstmörder vorgefunden hat.

Egal, was geschieht, er kann nicht rechtzeitig bei ihr sein, wenn er hier oben darauf wartet, dass sie es tut! Er muss hinunter!

In diesem Moment kommen vom unteren Ende der Treppe wieder Stimmen. Mehrere Menschen plaudern miteinander, lachen. Sie nähern sich. »Ruhe!«, möchte Harald schreien. Sie sollen ihre Mäuler halten und diesen feierlichen Moment nicht stören!

Die junge Frau dreht sich, offenbar durch die Stimmen aus ihren Gedanken gerissen, herum. Und sie sieht ihn. Ihre Blicke treffen aufeinander, suchen in dem jeweils anderen Gesicht nach einer Erklärung, forschen nach einem Signal, das die geheimen Gedanken des anderen verrät.

Da klingelt erneut ihr Telefon.

»Hallo«, sagt sie mit einem Mal fröhlich und dreht sich wieder von ihm weg. Sie lacht, streckt das Gesicht der Abendsonne entgegen, schließt die Augen und genießt den kühlenden Windhauch. »Ich habe schon auf deinen Anruf gewartet.« Der Wind spielt mit ihrem Haar. »Ja, ja, ja, es ist alles vorbereitet. Der Koffer steht im Schließfach ... Kannst du mir glauben. Ich habe sogar ein bisschen Magenkneifen vor Aufregung. Ich habe hier eine Stunde Aufenthalt und vertrete mir ein bisschen die Beine ... Ja, der Arzt hat gesagt, ich soll es hochlegen, aber ich finde, ein bisschen Bewegung tut gut ... Ich bitte dich, es war ein läppischer kleiner Sportunfall ... Die Beine werde ich hochlegen, wenn ich bei dir bin ... Jaaa, sehr lange.« Sie kichert. Ihre Wangen leuchten, ihre Mundwinkel zucken.

Harald kann nicht glauben, was er hört.

»Es ist alles geklärt, er hat's geschluckt. Was bleibt ihm auch anderes übrig? ... Ach so, die denken, ich komme später nach ... Nein, ich stehe hier auf einem Turm und gucke mir alles noch mal an. Man sieht ganz weit. Ich werde das hier ein bisschen vermissen ... Ja, gut, ich melde mich von unterwegs.« Dann haucht sie gefühlvoll: »Ich liebe dich.« Jetzt kichert sie wieder. »Ich dich aber mehr ... Oh doch, das werde ich dir zeigen ... oh wohl!« Dann drückt sie einen Kuss auf das Mobiltelefon und beendet das Gespräch.

Es wühlt in ihm, droht ihn zu zerreißen. Heiß und wütend platzt es aus ihm heraus. Mit einem röhrenden Schrei stürmt Harald auf sie zu. Es sind unkoordinierte Laute, eine Art viehisches Gebrüll, in dem sich

Schmerz und Wut miteinander vermischen. Die Hände hat er nach vorne gereckt. Mit gespreizten Fingern fliegen sie auf die junge Frau zu, die sich in diesem Moment erschrocken zu ihm umwendet und die Augen weit aufreißt.

Er will ihre letzten Worte hören! Jetzt! Jetzt! Wunderschöne, dahingehauchte Worte, die einen Sinn haben, die der Nachwelt eine Botschaft übermitteln, die so viel mehr sind als all das dreckige, unwerte Gewäsch, das Tag für Tag die Luft um ihn herum verschmutzt!

Instinktiv wirft sie sich zur Seite, und Haralds Hände fassen ins Leere. Sein Unterkörper prallt ungestüm gegen die Steinmauer, aber den Schmerz, der durch seine Knie und die Hüften brandet, nimmt er gar nicht wahr. Er versucht, das Gleichgewicht zu halten, indem er die Schultern zurückwirft, die Arme in die Höhe reißt, doch es ist schon zu spät. Seine Füße verlieren den Halt, sein Kopf wird nach vorne geschleudert. Es ist, als werde er nach unten gesogen. Er sieht alles mit bestechender Klarheit, die Felsquader des Turms, an denen er vorbeirast, den felsigen Abhang, der auf ihn zuschießt. Er rudert grotesk mit Armen und Beinen, hört die Schreie der wenigen Menschen, die zufällig beobachten, was da gerade geschieht. Harald schafft es nicht mehr, den Kopf so zu wenden, dass er die junge Frau noch einmal sehen kann, wie sie ihm womöglich mit schreckgeweiteten Augen hinterhersieht und etwas zuruft.

Als er im nächsten Moment auf dem buckligen, steinernen Boden aufschlägt, produzieren seine Körperteile die unterschiedlichsten Geräusche. Ein Krachen, ein

Knirschen, ein Reißen und Klatschen ist in ihm und um ihn, und von einer Sekunde auf die andere ist alles still.

So still, wie nur der Tod sein kann, der ihn langsam erfasst. Bevor das Leben seinen Körper verlässt, fangen Haralds letzte Blicke ein diffuses, milchiges Licht und mehrere Schatten ein, die sich auf ihn zubewegen. Da sind hohle, sich überschlagende Stimmen, aber das, was sie rufen, kann er längst nicht mehr verstehen.

Er zwingt sich, den Mund zu öffnen, sammelt den letzten Rest Atem aus seinem zerfetzten Brustkorb und presst mit schwindender Kraft ein letztes Wort heraus: »Klosettpömpel.«

Das verschenkte Herz

Oswald Schöller dachte, dass es doch wirklich ein Segen war, dass man nie mehr als drei Kleidungsstücke mit in diese Umkleidekabinen nehmen durfte. Seine Frau Marie-Luise wäre sicherlich mit so vielen Klamotten darin verschwunden, wie sie mit beiden Armen hätte tragen können. Und das hätte dann ewig gedauert. Er hörte die leise Musik aus den Lautsprechern, das Geklapper von Kleiderbügeln, das Rascheln von Stoff, leise Gespräche, wenn wieder einmal einer der zehn Vorhänge beiseitegeschoben und Kleider begutachtet wurden.

Marie-Luise hatte ihm wenige Momente zuvor eine orangefarbene Bluse vorgeführt, und er hatte genickt und wohlwollend ihren sechzigjährigen Körper gemustert. Da war immer noch alles dran. Sogar ein bisschen mehr von allem. Oswald Schöller liebte seine Frau.

Gemeinsam mit anderen Männern saß er in der Mitte des Raums. Ringsumher waren die Kabinen aufgereiht.

Einmal im Jahr, in der Vorweihnachtszeit, ließ er sich von Marie-Luise zu einem Einkaufsfeldzug durch die Innenstadt überreden. Neben den zahlreichen Geschenken für Familie und Freunde schaffte es Marie-Luise auch immer wieder, ein paar Kleidungsstücke für den Eigenbedarf zu ergattern. Oswald duldete das milde lächelnd. Den Rest des Jahres hatte er ja seine Ruhe.

Aus den Lautsprechern klang *Last Christmas*, und er tippte unbewusst den Beat mit dem Zeigefinger auf dem Knie mit.

»Tun Sie das nicht«, zischte es plötzlich hinter seinem Rücken. Zuerst merkte Oswald gar nicht, dass er gemeint war. Dann erklang das Zischen erneut: »Lassen Sie das um Himmels willen sein!«

Er wollte sich gerade umdrehen, als die Stimme – offenbar ein Mann – erneut mahnte. Diesmal mit deutlich schärferem Ton: »Nicht umdrehen! Wer ich bin, tut nichts zur Sache!«

Oswald blickte in eine leere Umkleidekabine vis-à-vis. In dem darin befindlichen Spiegel sah er deutlich seine eigene Gestalt, umringt von prall gefüllten Einkaufstüten, und dahinter einen Mann mittleren Alters in einem graugrünen Steppblouson. Unter einer schwarzen Strickmütze war ein rundliches, schlecht rasiertes Gesicht erkennbar.

»Aber ich sehe Sie doch«, sagte Oswald unsicher und deutete auf den Spiegel.

»Oh, Mist.« Der Mann guckte enttäuscht. Dann stand er auf, umrundete die Stühle und ließ sich schwerfällig auf dem freien Stuhl neben Oswald nieder.

»Was bitte schön soll ich nicht tun?«

»Na das.« Der Mann tippte mit dem Finger auf sein Knie, wie vorhin Oswald. Völlig neben dem Takt von *Last Christmas*. »Das dürfen Sie nicht tun.«

Oswald fragte fassungslos: »Wer sind Sie?«

»Mein Name tut nichts zur Sache!«

Ein Vorhang glitt in diesem Moment rasselnd zur Seite, und eine junge Frau kam aus der Kabine. Im Vorbeigehen winkte sie und flötete heiter »Hallo Uli! Lange nicht gesehen!« Dann verschwand sie im Ladenlokal.

Der Mann grunzte missmutig und zog den Kopf ein wenig mehr zwischen die Schultern. Sein Gesicht verschwand fast bis zur Oberlippe in seinem Blouson.

»Hören Sie ... Uli, was wollen Sie eigentlich von mir?«

Jetzt erschien Marie-Luise kurz auf der Bildfläche. »Guck mal, geht das so?«

Ein Pulli aus glänzend violettem Nickistoff. Oswald nickte lächelnd.

»Spannt ein bisschen am Bauch, oder?«

Er schüttelte den Kopf. »Sieht prima aus.«

»Und was sagst du zu der Farbe?«

»Auch klasse.«

Der Vorhang schloss sich wieder, und fast im selben Augenblick wisperte der Mann an Oswalds Seite: »Denken Sie nicht daran!«

»An was denn?«, fragte Oswald unwirsch. Er hatte unbewusst damit begonnen, im Takt von *Last Christmas* mit dem Fuß zu wippen.

»Sie dürfen nicht daran denken!« Die Stimme klang jetzt regelrecht verzweifelt.

»An was, Uli? An was denn?«

»Sie dürfen nicht daran denken, Ihre Frau umzubringen!«

Jetzt hielt es Oswald nicht mehr auf seinem Stuhl. Er sprang auf und blickte wütend auf die rundliche Gestalt des Mannes hinunter. Ein paar bräunliche Locken guckten an den Schläfen unter der Mütze hervor. Der Typ sah völlig harmlos aus, fast kindlich.

»Ich habe Ihren Blick gesehen. Ich weiß Bescheid!«

»Sie verwechseln mich! Ich kenne Sie überhaupt nicht! Meine Frau und ich sind sehr glücklich miteinander, und niemals würde ich …« Oswald wurde es zu dumm, weiter zu argumentieren. Hastig raffte er die Tüten zusammen und rief: »Spatz, bist du jetzt fertig da drinnen?«

Sie antwortete mit einem leicht angestrengten Unterton. »Jaja, ich komme.«

Der Mund des Mannes formte ein paar Worte. Oswald konnte seine flüsternden Laute nicht hören, denn sie wurden von *Last Christmas* übertönt, aber er konnte es von den fleischigen Lippen ablesen: »Tun Sie es um Himmels willen nicht!«

Dann kam Marie-Luise, sagte leicht pikiert: »Waren doch nur drei Teile«, und gemeinsam zogen sie ab. Oswald zwang sich, nicht noch einmal zurückzuschauen.

Anderthalb Stunden später legten sie in der Konditorei eine kleine Pause ein. Auch das gehörte zum alljährlichen Ritual. In der Zwischenzeit hatte Oswald zweimal die erbeuteten Waren im Auto verstaut. Er kannte einen kleinen Parkplatz am Busbahnhof, auf dem er fast immer eine Lücke fand, eine Art kostbarer Geheimtipp, gerade im Weihnachtsgeschäft. Parkhäuser mochte er nicht. Und mit der Bahn würden sie unmöglich ihre ganzen Einkäufe nach Hause transportieren können.

Marie-Luise guckte auf die Armbanduhr. Die hatte er ihr vor sechs Jahren zu Weihnachten geschenkt. Ausgesucht hatte sie sich das zierliche Ding selbst. Beim Weihnachtseinkauf. Das machten sie immer so. In diesem Jahr war es eine Jade-Halskette gewesen. Und weil Oswald in so guter Stimmung war und weil er seine Frau so sehr liebte, hatte er bei der Verkäuferin heimlich auch noch die dazu passenden Ohrringe gekauft.

»Wir haben nur noch zwei Stunden«, sagte Marie-Luise und nippte an ihrem Kakao. »Willst du nicht vorsichtshalber gleich hier zur Toilette gehen?«

Er nickte. »Gute Idee.« Der ständige Wechsel zwischen kalter Fußgängerzone und warmen Geschäften trieb ihn öfter aufs Klo als sonst. Er ließ den Rest seines Mandelhörnchens im Mund verschwinden, wischte die Lippen mit der Serviette ab und hauchte seiner Frau einen Kuss auf die Schläfe. Dann ging er zum WC, das im Kellergeschoss untergebracht war.

Aus den Lautsprechern ertönte *Last Christmas*. Er pfiff es leise mit, während er den gekachelten Raum betrat und zum Pinkelbecken ging.

Jemand trat an seine Seite, und er hörte das Zippen eines Reißverschlusses. Dann ein Plätschern. Und schließlich die Stimme: »Wissen Sie, ich habe meine Frau umgebracht. 1984.«

Oswald fuhr zusammen, und sein Urinstrahl wurde für einen kurzen Moment unterbrochen. »Sie?«

»Ja, ich bin es. Keine Angst. Ich will Ihnen nichts tun. Ich will Sie nur warnen.«

Mit zusammengebissenen Zähnen versuchte sich Oswald auf sein kleines Geschäft zu konzentrieren. Er schüttelte ab und verstaute wieder alles in der Hose. Dann schloss er den Reißverschluss und knurrte, ohne nach rechts zu blicken: »Hören Sie, Uli …«

»Bitte, nennen Sie mich nicht beim Namen. Mich kennt hier keiner, und das ist auch gut so.«

»Also gut, hören Sie … ich möchte nicht länger von Ihnen belästigt werden. Ich weiß nicht, wer Sie sind, und ich weiß vor allen Dingen nicht, warum Sie denken, ich könnte meine Frau umbringen wollen.«

»Es ist das Lied!«

»Welches Lied?«

Gemeinsam hielten sie inne und lauschten auf den leisen Gesang aus den Lautsprechern.

Last Christmas I gave you my heart …

Dann ertönte laut eine Toilettenspülung, ein älterer, glatzköpfiger Mann kam aus einer der Kabinen, krähte fröhlich: »Tag Uli! Geht's dir gut, Junge?«, wartete keine Antwort ab und ging, ohne sich die Hände zu waschen.

»Ich weiß nicht, was das alles soll. Das ist ein Weihnachtslied«, sagte Oswald Schöller grimmig. »Das ist vielleicht sogar *das* Weihnachtslied. Es dudelt jedes Jahr wochenlang von morgens bis abends.« Er war zu den Waschbecken gegangen und wusch sich ausgiebig die Hände.

»Genau! Genau! Alle hören es, und keiner merkt was!« Der dickliche Mann sprang ihm zur Seite und hielt seine kurzen, blassen Finger nun ebenfalls unter den Wasserstrahl.

»Wenn hier einer was nicht merkt, dann sind *Sie* das!« Getöse wurde laut, als Oswald seine Hände unter den Trockner hielt.

Mit belegter Stimme sagte der Mann: »Ich habe damals meine Frau umgebracht, und schuld war dieses Lied!«

Bevor er die Toilette verließ, drehte sich Oswald noch einmal zu dem Mann um und hielt ihm drohend den Zeigefinger vors Gesicht. »Passen Sie auf, ich werde nicht zulassen, dass Sie meiner Frau und mir weiterhin auflauern. Ich werde die Polizei rufen, Uli, wenn Sie weiterhin …«

»Au ja, die Polizei!«, rief der Mann, und seine Bäckchen leuchteten regelrecht rot auf. »Das ist natürlich auch eine Idee! Lassen Sie sich einsperren, bis Weihnachten vorbei ist, und dieses Lied …«

Den Rest des Satzes hörte Oswald Schöller nicht mehr, weil er bereits wieder fluchtartig zum Gastraum des Cafés zurückeilte.

Das riesige Kaufhaus bildete für gewöhnlich die letzte Etappe. In den Wochen vor Heiligabend schob und drängelten die Leute sich durch die Gänge, egal in welcher Abteilung.

Marie-Luise hatte Parfüm und Seife für ihre Mutter ausgesucht und Oswald damit zur Kasse geschickt. »Ich gehe in die Unterwäscheabteilung, da treffen wir uns dann wieder!«

Die Schlange war lang. Oswald wartete fast eine Viertelstunde, bis er an der Reihe war.

»Haben Sie eine Payback-Karte?«

»Ja, die habe ich, ich muss nur gucken …« Oswald kramte in seiner Brieftasche herum.

Die rothaarige Verkäuferin blickte über seine Schulter und zwinkerte dem Kunden hinter ihm freundlich zu. »Tag Uli, letzte Weihnachtseinkäufe?«

Oswald warf ihr wütend die Karte und die Geldscheine hin, nahm das Wechselgeld und die Einkaufstüte entgegen und trat wortlos zur Seite.

Als Uli mit der Pudelmütze seinen Einkauf, eine Tube Zahnpasta, bezahlt hatte, fing ihn Oswald ab.

»Also, erklären Sie es mir!«

Ulis Augenbrauen schoben den Saum der Pudelmütze in die Höhe. »Meine Theorie?«

»Ihre … nun gut, Ihre Theorie. Ich höre sie mir an, und dann ist Schluss, einverstanden?«

Uli strahlte. Seine Nasenlöcher, aus denen kleine Borsten hervorguckten, weiteten sich, als er breit grinste.

Sie gingen zur Kinderabteilung. Uli blickte sich hektisch um. »Okay, ich erkläre es Ihnen. Sie dürfen nicht glauben, dass ich bekloppt bin.«

»Sicher nicht.«

»Ich erzähle es nur ein einziges Mal, Sie müssen es gleich kapieren. Es ist nämlich nicht gut, wenn man uns beide zusammen sieht. Nachher machen Sie es doch, und dann wird man mich über Sie ausfragen und so.«

»Sie müssen wohl an Ihren Ruf denken?«, sagte Oswald mit einem ironischen Lächeln.

»Ich will da nur in nichts reingezogen werden. Am liebsten will ich unerkannt bleiben.«

Ein kleines Kind fasste ihn am Zeigefinger und deutete auf eines der prall gefüllten Regale. »Onkel Uli, ich wünsch mir so sehr den großen Lego-Schaufelradbagger, aber meine Mama sagt …«

Die Mutter packte das Kind und zerrte es zu sich. »Komm her, Leon. Der Uli kann da gar nichts machen.

Da müssen wir mal gucken, ob das Christkind vielleicht dran denkt.« Sie zwinkerte Oswalds Gegenüber betont unauffällig zu. Er grinste verlegen zurück.

Als sie außer Sichtweite waren, begann er, Oswald seine Theorie darzulegen.

»Es ist dieses Lied. Wie Sie schon sagten, es dudelt nonstop durch die Vorweihnachtszeit. Haben Sie schon mal drüber nachgedacht, warum das so ist?«

Oswald zuckte mit den Schultern. »Weil die Leute es so gerne hören?«

»Ach Quatsch!«

»Weil die Radioleute es so gerne spielen?«

Uli schüttelte ungeduldig mit dem Kopf. »Wir werden manipuliert. Gegen Musik können wir uns nicht wehren. Sie ist da. Überall. Im Kaufhaus, im Fahrstuhl, im Radio, im Fernsehen ... Tankstelle ... Wartezimmer ... Kirmes ... überall. Kennen Sie den Text?«

»Von *Last Christmas*?«

»Genau!«

Oswald musste nur einen kurzen Moment nachdenken. »Warten Sie mal ... *Last Christmas I gave you my heart, but the very next day you gave it away ...*«

»Genau! Exakt richtig! So oft haben Sie es schon gehört! Und worum geht es in dem Song?«

»Um eine Organspende? Eine Herztransplantation?« Oswald kicherte. All das wurde immer bizarrer.

»Ach Blödsinn! Es geht um ein Paar, das sich getrennt hat!« Er schob sich nahe an Oswald heran und blickte ihm tief in die Augen. »Es geht um jemanden, der sein Herz verschenkt hat und betrogen worden ist. Weihnachten! Die Zeit des zwanghaften Friedens und der aufgezwungenen Glückseligkeit. Sie wissen, dass es gerade zu Weihnachten immer wieder funkt. Jede Menge Beziehungstaten … Mord … Totschlag …«

»Na ja, davon habe ich gehört, aber …«

»Fremdgehen ist der Tod einer Beziehung!« Er hauchte Oswald ein einzelnes Wort ins Ohr: »Tooood!«

»Meine Frau geht nicht fremd!«, sagte Oswald empört. »Und ich auch nicht«, hätte er gerne hinzugefügt, aber das war ihm zu albern. Ein einziges Mal hatte er sich verführen lassen. Von Susanne Pokorny, der kleinen Schwarzhaarigen vom Straßenverkehrsamt. Das war auf der Weihnachtsfeier von der Kreisverwaltung gewesen, und er war schon randvoll mit Glühwein gewesen. Geschämt hatte er sich jedenfalls genug für diesen Ausrutscher und Angst davor gehabt, dass Marie-Luise Wind davon bekommen könnte. Aber dass seine Frau selbst fremdging, das war ja völlig unvorstellbar. »Wirklich nicht. Sie brauchen sich keine Sorgen zu machen. Meine Frau geht nicht fremd, und ich hätte keinen Grund, sie … sie irgendwie zu …«

In diesem Moment endete *Rudolph the Rednosed Reindeer*, und irgendwo über ihren Köpfen schallten die ersten Takte von *Last Christmas* durch die feuchtwarme Kaufhausluft.

Ulis rotwangiges Gesicht verzog sich augenblicklich zu einer Grimasse des Hasses. »Da ist es! Da ist es schon wieder! Jedes Jahr kommt es! Meine Elfi hat mich damals betrogen, wissen Sie. Mit dem Versicherungsmakler. Der kam plötzlich jeden zweiten Tag und hatte irgendwas zu besprechen. Und dann lief dauernd dieses Lied …«

Er lauschte angestrengt … *I gave you my heart, but the very next day you gave it away …*

Oswalds Finger trommelten leise auf einer Legoschachtel mit. Plötzlich klatschte Ulis Rechte mit voller Wucht auf seine Hand. »Lassen Sie das!« keuchte er. »Sie wissen ja nicht, was das mit Ihnen macht! Ich habe sie mit der Schneeschaufel erschlagen! Mit der Metallkante gegen ihren Schädel! Peng! Zack! Tot! Alle haben gesagt, es sei ein Unfall gewesen, weil doch der Schnee so hoch lag und weil ich so schwungvoll ausgeholt habe! Aber ich weiß, dass es dieses Lied war. Sie haben es im Autoradio gespielt. Überall das viele Blut auf dem Schnee …« Er begann zu schluchzen und packte Oswald am Ärmel seines beigefarbenen Wildledermantels. »Ich habe zu Hause acht Aktenordner, randvoll mit Statistiken. Morde zu Weihnachten. Seit 1984, seit dieses teuflische Lied zum ersten Mal über den Sender ging. Sie spielen es, um Zwietracht zu säen. Um Vertrauen zu zerstören. Um verliebte Paare dazu zu bringen, sich gegenseitig zu töten!«

Angewidert betrachtete Oswald die rundliche Gestalt, die vor ihm stand, in sich zusammengesackt, den Kopf gesenkt, mit zitternden Schultern. Eine Träne tropfte auf Oswalds Mantelärmel.

»Aber warum sollten sie das denn tun?«, fragte er fast mitfühlend.

Langsam hob Uli den Kopf, und in den rot geweinten Augen offenbarte sich das ganze Ausmaß des Wahnsinns, der von ihm Besitz ergriffen zu haben schien. Ein feiner Speichelfaden hing an seiner Unterlippe, als er mit rauer Stimme sagte: »Ist doch wohl klar: Dezimierung der Überbevölkerung.«

Die Sekunden des Schweigens, die dann folgten, erschienen Oswald fast wie Stunden. Ein kalter Schauder nach dem anderen rieselte ihm den Rücken hinunter. Schließlich schüttelte er mit sanfter Gewalt Ulis Hand ab und sagte leise: »Gut. Danke. Sie haben mir die Augen geöffnet. Ich bin gewarnt. Das habe ich ja alles nicht gewusst. Wenn meine Frau fremdgeht, werde ich vermeiden, irgendwo ein Radio anzuhaben oder zu singen oder zu summen, oder irgendwie so was.«

»Sie nehmen mich nicht ernst!«

»Ich muss mich beeilen. Schauen Sie, es ist schon nach sechs, und Marie-Luise wird wissen wollen, wo ich bleibe, und ...« Er wich langsam zwischen den Spielzeugregalen zurück.

»Sie denken, ich bin bescheuert!«

»Nein, wirklich nicht, ich ...« Oswald wandte sich um und hastete davon.

In der Unterwäscheabteilung schlug ihm das Herz immer noch im Hals. Er ließ den Blick schweifen. Sicherlich würde er ein ganzes Jahr brauchen, um sich von diesem Weihnachtseinkauf zu erholen. So ein Irrer! So ein durchgeknallter, völlig umnachteter ...

Da sah er die Frau mit dem kleinen Jungen, denen sie vorhin in der Spielzeugabteilung begegnet waren.

Oswald fasste sich ein Herz. »Hallo Sie«, sagte er mit angehaltenem Atem. »Sie werden verzeihen, dass ich Sie so einfach anspreche, aber der Mann vorhin ...«

Sie lächelte ihm zu. Ihre Grübchen in den Wangen sahen reizend aus. »Der Uli?«

»Der Uli, genau.«

Sie tippte sich gegen die Schläfe. »Völlig plemplem, aber harmlos.«

»Sicher?«

»Ganz sicher.« Sie nahm ihrem Sprössling eine gewagte Dessouskombination ab, die dieser mit dem Kleiderbügel wie ein Fähnchen durch die Luft wedelte. »Vor dem brauchen Sie keine Angst zu haben, wenn es das ist, was Sie wissen wollen.«

»Er hat mir vorhin erzählt, er habe seine Frau ... umgebracht.«

Sie lachte laut. »Der Uli erzählt alles Mögliche. Ist immer unglücklich verliebt. Aber mit dem würde es keine Frau lange aushalten. Er hat diese Musik-Macke. Glaubt, all die Songs, die dauernd im Radio ...«

»Ja, müssen Sie mir nicht erklären.«

Sie blickte sich kurz um, senkte vertraulich die Stimme und fuhr mit einem amüsierten Glucksen fort zu erzählen: »Er behauptet immer steif und fest, dass er schon ein paarmal fast erstickt wäre und nur gerettet wurde, weil er gerade noch rechtzeitig wach wurde. Nämlich immer dann, wenn er am Abend irgendwo *Atemlos durch die Nacht* gehört hat. Einer Freundin von mir, die mal mit ihm in der Kiste war, hat er erklärt, dass seine Potenzstörungen einzig und allein was mit dem Lied *I Can't*

Get No Satisfaction zu tun haben. Der Oberkracher war aber … Leon, lass das mal bitte sein mit dem BH … Da hat der Uli doch tatsächlich mal einen Typen mit diesem Riesengerät gekidnappt, mit dem der gerade dabei war, die weißen Straßenmarkierungen anzubringen. Randstreifen und Mittellinie und so. Und dann hat er den mit dem Messer am Hals gezwungen, in Riesenbuchstaben den Namen *Jeannie* auf den Asphalt zu schreiben, weil ihm das angeblich der Falco im Himmel von seiner Wolke runter befohlen hat. Krass, oder?«

Oswald nickte. »Allerdings krass.«

Er wünschte der jungen Frau halbherzig ein frohes Weihnachtsfest und trottete zwischen den Wäscheständern davon.

Das war's jetzt. Er würde Marie-Luise die schönsten Dessous kaufen. So was trug sie eigentlich nicht gerne. Aber er war sicher, dass sie ihr stehen würden. Er mochte so was eigentlich ganz gerne. Hatte Susanne Pokorny vom Straßenverkehrsamt auch getragen. In Königsblau.

Oder ein neues Nachthemd für Marie-Luise. Vielleicht auch ein seidener Pyjama, obwohl die immer so sehr elektrisierten, dass er einen geschossen bekam, wenn er sie berührte.

Als er seine Frau schließlich fand, zeigte sie ihm zögernd und unentschlossen ein spitzenbesetztes rotes Mieder. Noch bevor sie ihn etwas fragen konnte, sagte er aus voller Brust. »Ja! Wunderbar! Das musst du haben, Spatz!« Dann nahm er sie ganz fest in den Arm.

Es war stockfinster, als sie durch den Schneematsch zu ihrem Auto tapsten. Marie-Luise trug drei und er schleppte fünf neue Plastiktüten. Oswald verdrängte jeden Gedanken an das Bankkonto. Er schloss den Wagen auf und startete, damit die Heizung es ihnen schnell kuschelig warm machen würde.

»Steig schon mal ein, Spatz«, sagte er und nahm ihr beflissen die Tüten ab. Mit ein wenig Mühe stopfte er sie zu den anderen Einkäufen im Kofferraum. Vorbeifahrende Autos spritzten ihm graue, salzige Schneebrühe gegen die Beine. All das konnte ihn nicht verärgern. Er wollte nur noch an den vor ihnen liegenden, gemütlichen Abend denken, den sie zu Hause verbringen würden, in trauter Zweisamkeit, mit dem dritten brennenden Adventskerzchen, auch wenn erst morgen die Zeit dafür war, mit einem Schlückchen lieblichem Moselwein und ein paar Schokoprinten. Ganz gemütlich, wie es sich für ein nach all den Jahren immer noch verliebtes Paar gehörte.

Er schloss den Kofferraumdeckel, und als er sich kurz umwandte, fiel sein Blick zufällig auf die andere Straßenseite. War das nicht …?

Nur kurz blieb der Mann stehen, die Hände in den Taschen des graugrünen Blousons vergraben. Das Gesicht unter der schwarzen Mütze leuchtete im Licht der Scheinwerfer auf wie ein Vollmond. Ein Lieferwagen fuhr vorbei, und im nächsten Moment war die kleine, rundliche Gestalt verschwunden.

Im Auto hatte Marie-Luise inzwischen das Radio angeschaltet, und dann hörte er die Melodie. *Last Christmas …*

Das Lied wurde langsam lauter, näherte sich ihm auf unwirklich klingende Art und Weise. Aber was da fehlte, war der stampfende Discorhythmus, den er heute schon so oft mitgetrommelt hatte. Der leise Singsang von Marie-Luise, die unbemerkt hinter ihn getreten war, überlagerte den Radiosound. Ihre Stimme verstummte plötzlich, und dann waren wieder George Michael und Wham! zu hören: ... *I gave you my heart ...*

Die Stimme seiner Frau zischte ganz nah bei seinem Ohr: »Und du glaubst wirklich, das mit dieser kleinen Schlampe vom Straßenverkehrsamt könnte ich dir so einfach verzeihen, nur weil du mich einmal im Jahr mit Geschenken überhäufst? Dein stinkendes, schlechtes Gewissen quillt dir aus jeder Pore, du Dreckskerl! Du hast einfach mein Herz weiterverschenkt!«

... but the very next day you gave it away ...

Bevor er zu ihr herumfahren konnte, spürte er ihre beiden Hände in seinem Rücken, die ihm einen Stoß gaben. Nur einen kleinen Schubs, der ihn aus dem Gleichgewicht brachte, der ihn auf dem Schneematsch ausgleiten ließ.

Dann kam der Linienbus von links.

Das Kreischen der Bremsen übertönte seinen Schrei.

Das Brechen seiner Knochen und das Bersten seines Schädels übertönten den Gesang im Autoradio.

Last Christmas, I gave you my heart, but the very next day you gave it away ...

Schneeflöckchen, Weißröckchen

Schneeflöckchen, Weißröckchen,
wann kommst du geschneit?
Du kommst aus den Wolken,
dein Weg ist so weit.

Du legst dich ganz leise
auf Brille und Bauch,
auf Finger und Nase
und Ohrläppchen auch.

Legst dich auf die Glatze,
du glitzernder Traum,
machst ihm eine Mütze
aus eiskaltem Flaum.

Sein Blick ist gebrochen,
er atmet nicht mehr.
Ich hab ihn erstochen,
es blutete sehr.

Nun breite dein Laken
leis' über ihm aus,
deck Blut zu und Messer,
und ich geh nach Haus.

Rudolf, der rotnasige Rentner

Rudolf? Kennen Sie, oder? Rote Nase und so. Wenn Rudolf im Schneegestöber an der Straßenecke rumsteht, dann leuchtet seine dicke Knollennase richtig. Richtig satt rot. Ist aber nicht so, weil er übermäßig viel Schnaps trinkt. Die ist eben rot in verschiedenen Schattierungen, durchzogen von kleinen, feinen purpurnen Äderchen. Muss man aber nahe rangehen.

Ja, da steht er meistens, der Rudolf. In der Kurve. Die Hände in den Taschen seines Parkas vergraben, bei Wind und Wetter. Bei schlimmem Regen auch schon mal unter dem Vordach beim Supermarkt.

Er regelt gerne den Verkehr. »Vorsicht! Jaaa, jetzt langsam kommen lassen. Achtung! Da kommt einer. Achtung! Okay, jetzt!« Rudolf hebt dann einhaltgebietend die flache Hand, wenn ein Langholzlaster allzu schnell in die schwer einzusehende Kurve donnert, er winkt weit ausholend, wenn die Bahn für den Gegenverkehr frei ist. Am liebsten weist er Leute in ganz enge Parkbuchten rein. Da hat er ein Auge für, das hat er im Blut. Er brüllt auch schon mal laut, wenn es einer nicht richtig kann. Manche brauchen das. Vor allen Dingen Frauen, findet Rudolf.

An seiner Seite stets der kleine, struppige Köter mit dem ausdruckslosen Gesicht, der in der Kälte nicht zittert, in der Hitze nicht hechelt, der eigentlich nichts tut außer rumsitzen.

Es ist jetzt Nachmittag, der Schnee ist jetzt nicht mehr so dicht. Rudolf zieht sich am Automaten Zigaretten und macht sich so langsam auf den Heimweg. Er hat für heute lange genug den Verkehr geregelt. Ist jetzt schon fast dunkel. Im Winter ist sein Job doppelt wichtig. Schade, dass hier keine Rechts-vor-links-Regelung herrscht, das wäre schon etwas anspruchsvoller.

Rudolf kommentiert auch gerne, wenn zum Beispiel im Vorgarten irgendwo was gepflanzt oder beschnitten wird. »Nee, nee, viel zu schattig, die geht dir da ein«, sagt er. Oder auch: »Das wuchert ruckzuck über den ganzen Weg drüber.« Er kennt sich aus. Bei fast allen Dingen.

Seit elf Jahren ist Rudolf Rentner. Hat früher bei der Bahn gearbeitet. Er ist einigermaßen gesund. Das Nikotin hat jede Faser seines Körpers durchtränkt. Irgendwie traut sich keine Krankheit so richtig an ihn heran. Er sieht auch nach Nikotin aus, so gelblich. Bis auf die rote Nase, wie gesagt.

Rudolf fummelt die Zigarettenpackung auf und steckt sich eine an. Der Hund würde gerne sein Bein heben, aber Rudolf zieht ihn weiter. Als er um die Kurve kommt, sieht er den Wagen da stehen. Mit zwei Reifen auf dem Bürgersteig. Der Motor läuft. Kölner Kennzeichen. Wahrscheinlich machen die das in der Stadt immer so. Hier sieht Rudolf das nicht so gerne.

Die Städter … Rudolf guckt sich manchmal an, was die im Supermarkt so alles auf das Band legen. Kaum zu glauben. Er schickt die dann schon mal zurück: »Nee, komm, müssen Sie im Zehnerpack kaufen.« Er geht auch nach dem Bezahlen nicht gleich raus, sondern trödelt noch ein bisschen bei den Kassen rum und guckt den Leuten beim Einpacken der Waren zu. »Die schweren Sachen immer nach unten«, erklärt er. Und auch: »Das hätten Sie im Lidl aber billiger gekriegt.« Viele wissen ja gar nicht alles, was er so weiß. Rudolf hilft, wo er kann.

Er schlendert auf das Auto am Straßenrand zu. Nicht besonders forsch, eher gemächlich. Das ist immer wichtig. Soll ja nicht bedrohlich wirken. Sein Hund braucht kaum die kurzen Beine zu bewegen. Er wird einfach über den Schneematsch mitgezogen.

Rudolf schnippt die Kippe weg und tippt mit dem Zeigefinger gegen das Seitenfenster. Im Inneren des Autos reagiert niemand. Aber hinterm Steuer sitzt einer. Rudolf beugt sich nach unten und macht eine kurbelnde Bewegung, dabei gibt es heute gar keine Kurbeln mehr. Trotzdem weiß ja jeder, was gemeint ist. Mit Technik kennt er sich auch aus. Wenn an seinem eigenen Auto was zu reparieren ist, guckt er sich das in der Werkstatt immer alles ganz genau an. Jeden Handgriff. Hat viele kluge Tipps parat. Er weiß, dass die Monteure ihm dafür dankbar sind, auch wenn sie das nicht so richtig zeigen können. Viele Sachen könnte er ja auch selber machen. Ölwechsel und so. Winterreifen drauf. Aber er will den Leuten ja was zu Verdienen geben. Die Wirtschaft muss in Schwung kommen. Wenn er in der Politik wäre … Hat er sich auch schon mal überlegt. Aber da mischt er auch lieber beratend mit. Rudolf ist oft in der Kreisverwaltung und im Rathaus, hat haufenweise gute Ideen. Eigentlich soll er die ja schriftlich einreichen, aber er macht das lieber persönlich. Die Beamten sind ja auch froh, wenn sie ein bisschen menschliche Ansprache haben.

Er tippt noch mal gegen das Autofenster, jetzt ein bisschen fester, und schließlich fährt die Scheibe eine Handbreit nach unten. Rudolf kann den Mann sehen, der hinter dem Steuer sitzt. Trägt eine Sonnenbrille. Jetzt am Winternachmittag. Obwohl, so richtig dunkel wird es ja gar nicht mehr. Früher war alles viel dunkler. Nicht unbedingt besser, aber dunkler. Und kälter. Liegt aber nicht am Klimawandel, so wie das alle behaupten. Da hat ja keiner 'ne richtige Ahnung. Nein, die Erde dreht sich jetzt einfach langsamer, hat er in einem Magazin gelesen. Beim Friseur sitzt er oft stundenlang da und liest die Zeitungen. Lässt immer die anderen Männer vor, weil er es ja überhaupt nicht eilig hat. Und dann berichtet er den Friseusen und den Kunden, was er da so liest. Da staunen die immer. Rudolf ist stolz darauf, zu jedem Gespräch im Friseursalon was beisteuern zu können. Und hinterher sind alle klüger.

Früher war es dunkler, weil nicht so viel Weihnachtsbeleuchtung da war. Das kannte man ja gar nicht. Vor zwei Wochen hat er den Männern von der Stadt zugeguckt, wie die den großen Weihnachtsbaum da vorne auf der anderen Straßenseite aufgestellt haben. Hat ziemlich lange gedauert. Die waren aber auch echt ungeschickt. Falsches Werkzeug, krummer Baum, miese Lichterketten … Mit LEDs kann Rudolf ja gar nichts anfangen. Leuchten ganz künstlich. Ungemütlich. Die Tannenbäume duften gar nicht mehr nach Tannenbäumen. Dafür können die Jungs von der Stadt natürlich nichts, so was lässt er nicht an denen aus. Nein, er hilft mit klugen Ratschlägen. »Bisschen mehr nach links!«, »Oben rechts sind keine Lämpchen«, »Über das Kabel da stolpern aber die Leute«. Gut, dass Rudolf da ist. Am Schluss hat er seinen Hund dann an den Baum pinkeln lassen.

Neben dem Baum steht ein Parkplatz-Schild.

Rudolf deutet jetzt darauf und sagt in das Wageninnere hinein: »Hier würde ich nicht stehen bleiben. Vor allen Dingen nicht auf dem Bürgersteig. Das wird hier nicht so gern gesehen.«

Der Mann, dessen Kopf größtenteils von einem Kapuzenshirt bedeckt ist, knurrt leise: »Bin sowieso gleich weg.«

»Ich mein ja nur.« Rudolf nickt nachdrücklich. Die Scheibe fährt sofort wieder hoch.

Er bezieht vorsichtshalber mal Posten beim Zebrastreifen. Da steht der Wagen auch viel zu nahe dran. Wenn der erwischt wird, gibt das richtig Ärger. Rudolf behält das jetzt mal im Auge. Nach Hause kommt er noch früh genug.

Er hat Geduld. Bei der Baustelle am Marktplatz hat er seinen bislang längsten Einsatz gehabt. Fast ein ganzes Jahr lang musste er immer da hin. Fast jeden Tag. Baustellen sind aufwendig. Er fängt dann meistens mit den Worten »Da habt ihr aber noch viel Arbeit« an und geht dann schnell ins Detail. Er kennt sich bei jedem Gewerk aus. Maurer, Verputzer, Fensterbauer ... Er könnte das alles. Aber er unterstützt die lieber mit Rat statt mit Tat. Einmal ist einer ausgerastet. Ein Pflasterer. Dem hatte er so viele gute Tipps gegeben und Kniffe erklärt. Ist der Typ doch mit dem dicken Hammer auf ihn losgegangen. Wurde dann eingeliefert. Hatte wohl irgendwie psychische Probleme.

Der Wagen steht weiter da und dieselt vor sich hin. Der Kölner. Hat wahrscheinlich zu Hause Dieselfahrverbot und will hier im Eifelstädtchen den Larry raushängen lassen. Städter sind Besserwisser. Immer.

Rudolf reibt sich die rote Nase und kaut auf der Unterlippe. Er macht sich eine Kippe an. Auf wen wartet der Kerl denn da überhaupt? Das dauert ja echt lange.

Rudolf raucht zu Ende, macht einen neuen Anlauf. Dieses Mal geht er auf die Straße und klopft gegen die Fahrerscheibe. Sofort öffnet sich das Fenster. »Was?«, blafft der Mann mit der Sonnenbrille.

Vielleicht hat er ja ein Augenleiden. Das kennt Rudolf. Er selbst ist ja nie krank, aber er liest viele Fachzeitschriften. Mit Augenleiden weiß der Bescheid. Freunde und Verwandte fragen immer zuerst ihn, bevor sie zum Arzt gehen. Das hat er ihnen jedenfalls angeboten.

Oft sitzt Rudolf auch im Wartezimmer. Die Leute verplempern da so viel Zeit, die sind froh, wenn sie mal ein bisschen Unterhaltung haben. Manchmal erzählt er Witze. Er hat da eine Buchhandlung, bei der er Witzbücher kauft. Manchmal bestellt er einen ganzen Stapel zur Ansicht und guckt die dann in aller Ruhe durch, bevor er sich für eins entscheidet. Der Buchhändlerin liest er die besten Witze vor, die ist ja vom Fach, von der lässt er sich gern beraten.

»Stellen Sie doch wenigstens den Motor ab«, rät Rudolf dem Fahrer. »Wenn das noch länger dauert.«

»Bin gleich weg, hab ich gesagt!«, blafft der Mann unwirsch.

»Versteh ich ja. Im Winter warten ist echt Mist, oder?«, fragt Rudolf. »Sitzheizung?«

»Verzieh dich! Lass mich in Ruhe!« Das Fenster wird wieder geschlossen. Rudolf zieht seinen Hund um das Auto herum. Langsam, bedächtig. Einen vorbeikommenden Bus, der ihn anhupt, weil er auf der Fahrbahn ist, beschwichtigt er mit einer Geste, deutet auf das Tempo-30-Schild und wackelt mit dem drohenden Zeigefinger. Kann doch hier nicht jeder tun und lassen, was er will. Hier rumzuhupen.

Das Auto ist ein dunkelgrauer BMW. Klar hat der 'ne Sitzheizung. Rudolf schaut über den Bürgersteig zu der gläsernen Schiebetür hin, zu der vier breite Steinstufen hinaufführen. Ja, so wird das sein: Da ist bestimmt jemand drin, auf den der Mann im Auto wartet. Seine alte Mutter vielleicht, die nicht mehr so gut zu Fuß ist und nicht vom Parkplatz hierhin und wieder zurück wackeln will.

Rudolf hilft oft alten Leuten über die Straße. Wobei die manchmal ganz schön verwirrt sind und auch schon mal behaupten, sie hätten gar nicht rübergewollt.

Rudolf guckt auf die Straße. Da kommt der Wagen vom Uli. Ein Pritschenwagen von der Bauunternehmung, bei der sein Neffe arbeitet. Rudolf winkt, und Uli hält an. Stellt sich direkt vor dem BMW an den Straßenrand. Die Scheibe der Beifahrerseite fährt nach unten. »Tach Rudolf«, ruft sein Neffe. »Ich hab zu Hause noch deine drei Zwanziglitersäcke von der Metro!«

Rudolf lehnt sich lässig und mit verschränkten Armen in die Fensteröffnung. »Komme ich übermorgen abholen. Muss erst Platz im Schuppen machen. Nächste Woche ist Sperrmüll, da müssen so ein paar Sachen raus. Die sind nämlich vom Heinz, die hat der da zwischengelagert. Der kann das alleine nicht, mit seinem Rheuma. Da hole ich mir den Edwin und den Nils, die packen mit an. Der Nils, der ist zwar noch krankgeschrieben, aber das geht schon. Hüftgelenksentzündung. Kriegt Kortison, obwohl ich gesagt habe, lass das Zeug aus dem Leib. Da ist damals nämlich der Achim erst richtig krank mit geworden. Der Achim, bei mir in der Ausbildung. Weißt du, der Achim, der die Schwester aus Ostfriesland hatte, die immer so komisch gepfiffen hat bei allen Wörtern mit S.«

Der BMW hupt.

Na klar, denkt Rudolf und verzieht den Mund zu einem spöttischen Grinsen. Jetzt regt der sich auf.

Er macht eine lässige Handbewegung. »Ruhig, ruhig, du Städter.«

Da fährt weiter hinten ein Garagentor nach oben, und Irmhild setzt mit ihrem hellgrünen Datsun raus. Irmhild arbeitet in der Apotheke. Rudolf ist da oft und macht den Leuten die Tür auf und zu. Mit Medikamenten macht ihm keiner was vor. Rudolf selbst braucht so gut wie nie Medikamente, er kauft da nur die guten Lutschbonbons.

Irmhild will rückwärts auf die Fahrbahn. Sie winkt Rudolf zu. Rudolf sagt zu seinem Neffen Uli: »Warte mal, bin gleich wieder da.«

Er stellt sich breitbeinig in Positur und winkt, um Irmhild im Rückwärtsgang in den Verkehr einzufädeln. Das macht er wie kein anderer. Da sitzt jede Geste. Der Hund wird mit jeder ruckartigen Armbewegung hin- und hergerissen.

»Momentchen!«, ruft er. »Da kommt einer … Noch einer … Noch einer …«

Es herrscht an diesem Nachmittag nicht allzu viel Verkehr, aber die Autos rollen langsam vorbei, ohne große Lücken zu lassen.

Der Kölner BMW ist jetzt gewissermaßen zwischen dem Firmenwagen von Uli und Irmhilds Datsun eingekeilt. Hat er jetzt davon. Rudolf streckt stolz die Brust raus. Er hat hier das Kommando. Seine rote Nase leuchtet erhaben durch den Flockenwirbel.

Die große gläserne Tür oberhalb der Treppe öffnet sich, und zwei Männer kommen aus dem Gebäude. Für einen Moment kann Rudolf einen Blick in die hell erleuchtete Schalterhalle dahinter werfen. Was ist das denn? Liegt da etwa einer auf dem Boden? Ist jemand in der Bank kollabiert? Da müsste jetzt aber einer den Notarzt rufen. Rudolf ruft dauernd den Notarzt. Und auch die Feuerwehr. Es ist immer besser, die werden zu früh gerufen, als wenn schon das Schlimmste passiert ist. Die Leute in den Notrufzentralen kennen den Rudolf schon gut. Er erklärt immer ganz genau die Lage, was passiert ist, wo sie herfahren und was sie mitbringen müssen, egal wie ungeduldig die auch am anderen Ende der Telefonleitung sind.

Rudolf koordiniert auch gerne Brandeinsätze oder knifflige Unfallsituationen. Wenn er nicht da wäre und Ordnung in das Chaos bringen würde, dann kämen viele nicht so glimpflich davon. Er erklärt, wie man die Verletzten aus dem Auto rauskriegt, er sagt, wo der Schlauch hinmuss, er zeigt, wo das Feuer am schlimmsten lodert oder scheucht die Schaulustigen weg. Rudolf ist bei solchen Katastrophen einfach unersetzlich.

Er gibt Irmhild das Zeichen, einen Moment zu warten, und ruft den Männern, die hastig die Treppenstufen herunterkommen, zu: »He, Sie! Ist da drinnen einer verletzt?« Die beiden tragen Strickmützen, die ihnen viel zu tief ins Gesicht gerutscht sind. Wahrscheinlich zu groß oder ausgeleiert. Dafür haben sie sich aber Sehschlitze reingeschnitten.

Mit der Mode kommt Rudolf manchmal nicht mehr mit. Heutzutage machen die Leute freiwillig Löcher in die Klamotten. Knie, Unterschenkel ... Die verkühlen sich doch. Früher wurde so was gestopft. Am Altkleidercontainer guckt er manchmal mit den Leuten die Säcke durch, die sie reinwerfen wollen. Da sind viele Sachen noch in tadellosem Zustand, und manchmal nehmen sie dann auch das ein oder andere wieder mit nach Hause.

»Verletzt? Ob da einer verletzt ist? Soll ich den Krankenwagen rufen?«

Die Männer tragen Säcke. Vermutlich Einkäufe in der Vorweihnachtszeit.

»Achtung«, sagt Rudolf, »hier ist es ab und zu schon mal ziemlich rutschig. Durch die Klinkermauer staut sich hier nämlich oft die Feuchtigkeit, und da ist immer alles voller Moos. Ich hab damals, als die das gemauert haben, schon gesagt, Leute, da kriegt ihr noch mal richtig Spaß mit. Vor allen Dingen jetzt, wo noch der fisselige Schnee dadrauf …«

Mitten in seine Ausführungen hinein schreit der eine Mann laut auf, als er mit dem linken Fuß wegrutscht und den Halt verliert. Der zweite versucht, ihn zu stützen, und verliert dabei seinen Einkaufssack. Er fällt zu Boden, und lauter Geldscheine quellen daraus hervor.

Rudolf bückt sich sofort, um zu helfen. »Keine Panik! Haben wir gleich«, ruft er laut und lacht. »Ich hoffe, die waren nicht nach Farben sortiert.« Er beginnt, das Geld in den Sack zu stopfen.

Der BMW-Fahrer springt aus dem Auto, quetscht sich an Irmhilds grünem Datsun vorbei und will auf Rudolf losgehen, stolpert aber über die Hundeleine.

Plötzlich knallt ohrenbetäubend laut ein Schuss. Der eine Mann hat irgendwas Dunkles in der Hand. Rudolf guckt zur Straße hin, um zu sehen, woher der Knall kam. »Scheiß-Silvester«, ruft er aufgebracht. »Jetzt fängt das mit der doofen Böllerei schon vor Weihnachten an!« Er stopft unbeirrt weiter das Geld in den Sack. »Soll ja jetzt auch verboten werden. Bin ich eigentlich auch für. Jetzt nicht wegen Feinstaub oder so, sondern weil die Tiere verschreckt werden. Nicht nur die Haustiere, Katzen, Hunde, Hamster und all so was. Nein, auch die Tiere im Wald. Mein Vetter Franz-Josef, der hat letztens einen Waschbären gesehen. Doch, wirklich einen richtigen Waschbären. Die sind jetzt auch bei uns heimisch.«

Zu dem Sonnenbrillenmann, der sich mühsam wieder aufrappelt, sagt er: »Kleiner Tipp: Wenn Sie gleich in Richtung Köln fahren wollen, dann sollten Sie erst in Zingsheim auf die Autobahn. Bei Tondorf ist nämlich eine Baustelle, da stehen Sie ewig. Es gibt da zwar einen Schleichweg, der ist aber nur für Anlieger. Haben Sie mal einen Stift und ein Zettelchen, dann male ich Ihnen auf, wie Sie am besten hintenrum, ohne ...«

Einer der Mützenmänner reißt ihm den Sack aus den Händen und wirft ihn auf den Rücksitz des Autos.

»Warten Sie, ich winke Sie raus auf die Straße«, sagt Rudolf und hilft dem Sonnenbrillenmann, sich von der Hundeleine zu befreien, die sich um dessen Knöchel gewickelt hat.

Da flackert mit einem Mal Blaulicht durch die einbrechende Dunkelheit. Mehrere Polizeifahrzeuge kommen auf sie zugeschossen und halten mit quietschenden Reifen an.

Die drei Männer versuchen noch hastig, sich in den BMW zu quetschen und loszufahren, aber der Wagen prallt vorne und hinten gegen Stoßstangen und Seitentüren. Es kracht, es splittert, weitere Schüsse fallen.

Er hört die Stimme des Polizisten gar nicht, die quäkend aus dem Lautsprecher durch die dämmrige Winterluft schallt. Vielmehr lässt er den Blick schweifen und analysiert blitzschnell die Situation. Das kriegt er in den Griff, da kann er helfen. Er hebt die Arme und beginnt zu dirigieren. »Jaaa, so, erst mal die Polizeifahrzeuge langsam weiterfahren, sodass hier kein Stau entsteht … Irmhild, du wartest bitte! Uli, wenn du jetzt einfach ein paar Meter vorfährst, sodass der Kölner BMW aus der Lücke kommt. Achtung, Leute, Schulterblick! So, jetzt ist frei … Nee, bitte, die Polizei, da können Sie nicht stehen bleiben! Das sehen Sie doch selber, oder? Hallo, Sie da, nicht anhalten! Wenn Sie ein bisschen auf die Gegenfahrbahn … Nein, nein, nein! Jaaaa, so ist besser!«

Rudolf managt das. Seine dicke Knollennase leuchtet rot durch sanft herniederrieselnden Schnee. Er zieht seinen Hund von dem Auto weg und sagt grimmig: »Ja, siehste mal, hab ich doch gesagt, dass das hier nicht gern gesehen wird, wenn man im Halteverbot auf dem Bürgersteig steht.«

Weihnachtsfeier – Check!

Tot. Na, immerhin das war schon mal geschafft. Tot wie ein Kanaldeckel und endlich genauso still. Der breite, grellrot geschminkte Mund spuckte keine ätzenden Töne mehr aus, der kalte Blick, umrahmt von zu viel Wimperntusche, war gebrochen. Die Schmängler hatte plötzlich nichts Gefährliches mehr an sich, als ihr Körper schlaff von ihrem Bürosessel direkt vor Isoldes Füßen zu Boden glitt. Sie landete auf dem Nadelfilz, mit dem Gesicht nach unten.

Die Chefin wäre schon mal vom Tisch – Check!

Und jetzt? Jetzt stand sie da mit ihrer toten Büroleiterin, mit diesem Drachen von einer Frau, mit dieser strohdoofen Blondschleiche, die sich hochgeschlafen und die kleine Bürogemeinschaft in der Verwaltung der Großmetzgerei seit Jahr und Tag terrorisiert, die es geliebt hatte, die sechs Frauen, die zwei Azubis, den IT-Mann und den Hausmeister zu piesacken, wo es nur ging.

Eigentlich hätte Isolde einen Orden verdient. Aber es war kein Vorsatz gewesen, sie hatte keinen kühl kalkulierten Plan verfolgt. Ihr war lediglich die Hand ausgerutscht. Die Hand mit dem dicken kantigen, schwarzen Laptop darin. Der hohle Schädel hatte mürbe gekracht wie eine Walnuss im Nussknacker. »Und jetzt?«, flüsterte Isolde angstvoll. »Und jetzt und jetzt und jetzt?«

Ihre Blicke schossen panisch im Büro herum. Die anderen waren zeitig gegangen. Sich frisch machen für die Abteilungs-Weihnachtsfeier am Abend. Sie war die Letzte im Büro gewesen und hatte gestaunt, dass die Schmängler noch mal zurückgekehrt war, in Schal und Mantel und Handschuhen, weil sie unbedingt noch vor Weihnachten ein ernstes Gespräch mit ihr hatte führen wollen.

Und dann folgte eine einzige gnadenlose Hasspredigt. Die blöde Kuh hatte es immer schon geliebt, sie in die Ecke zu drängen. Sie wollte gleich im neuen Jahr in der Chefetage die Kündigung bewirken. Wegen einer Lappalie! Wegen ein paar falsch deklarierten Überstunden. In Wirklichkeit natürlich nur, weil Dieter von der IT lieber mit ihr rumknutschte statt mit der Chefin!

Draußen wurde es bereits dämmrig. Sanfter Schneefall hatte eingesetzt. Ausgerechnet jetzt. Keine Winterreifen, dafür aber eine tote Chefin zu ihren Füßen. Wenn die Schmängler gefunden würde, würde unweigerlich der Verdacht auf sie fallen, weil sie doch noch im Büro geblieben war. Sie dachte kurz daran, den schlaffen Körper aus dem Fenster zu stoßen, einen Unfall auf dem Firmenparkplatz zu inszenieren. Immerhin vierter Stock. *Leise rieselt die Chefin* oder so.

Nein, das reichte nicht. Die musste weg. Also nicht irgendwie beiseite, sondern richtig weg. Isoldes Blick blieb an der dritten Adventskerze auf dem kleinen Beistelltisch kleben. *Advent, Advent, die Chefin brennt.* Wäre auch eine Lösung. Aber verdammt aufwendig. Sie wusste gar nicht, wie so was ging.

Die Schmängler durfte nie wieder auftauchen. Sie gehörte in einen See ... in ein Fundament ... in den Waldboden am besten ...

Waldboden! Sie öffnete ihre Handy-App. Da gab es diesen Wanderparklatz in Richtung Norden. Da kannte sie sich aus. Sie tippte den Ort ein, und die Route wurde berechnet. 6,3 Kilometer, dreizehn Minuten Fahrt – Check! Aber wie würde sie sie zum Auto kriegen? Die war sicher ganz schön schwer mit ihrem fetten Arsch.

Isolde sah auf die Uhr. Noch zwei Stunden bis zur Weihnachtsfeier. Sie musste sich beeilen. Irgendwas musste ihr einfallen. Etwas Endgültiges. Sie musste in zwei Stunden beim Italiener auftauchen, musste überrascht tun und fragen: »Und die Schmängler? Noch nicht da?« Konzentration war jetzt gefragt. Und eine Idee. Und als Isoldes Blick auf den Pappteller mit dem Christstollen und dem Messer fiel, da musste sie an die Sägen und Beile unten in der Halle denken, und da wusste sie plötzlich, was sie tun würde.

Weg. Gut, geschafft. Kurz nach sieben. Sie würde fast pünktlich sein. Sie quälte sich durch den Verkehr und trommelte ungeduldig auf dem Lenkrad herum. Die Scheibenwischer kämpften ruhelos gegen die fetten Schneeflocken. Isolde trat auf die Bremse. Eine freie Parklücke! Was für ein Geschenk! Sie quetschte sich hinein und sprang aus dem Wagen. Keine Münzen für die Parkuhr, natürlich. Aber in diesem Sauwetter würde sich ohnehin keine Politesse auf die Straße wagen. Der Kofferraum war jetzt leer. Endlich. Alles weg. Die vielen kleinen handlichen Pakete. Alles vergraben, alles verschwunden – Check!

Sie wühlte ihre Handtasche aus dem Fußraum, blickte an sich herunter. Die Schuhe sauber, kein Gras mehr, kein Schlamm, kein Blut. Mein Gott, wo sie überall herumgelaufen war. Für das, was sie in den letzten Stunden alles erledigt hatte, sah sie tatsächlich aus, wie aus dem Ei gepellt. Zuerst war sie im Schneematsch ins Rutschen gekommen, sodass alles im Auto durcheinandergewirbelt worden war, und dann hatte sie sich beinahe am Waldrand festgefahren.

Die rot-weiß-grüne Leuchtreklame des Italieners strahlte durch den grauen Schneeregenschleier. Isolde schob die Glastür auf und trat in die schwüle Knoblauchluft. Kein Fehler bis hier, sagte sie sich. Durchatmen, die Tränen der Erschöpfung wegzwinkern. Fertig.

Arme wurden in die Höhe gereckt.

»Huhu, Isolde! Hier!« Lotte, Angelika, Elfi, Jeanette, Martina, die beiden Azubis, deren Namen sie sich nicht merken konnte, der Hausmeister und Dieter von der IT. Da würde vielleicht noch was laufen nachher. Chianti, Ramazotti, Dieter – Check!

Strahlende Gesichter. Glühweintassen, weihnachtliche Tischgestecke, »Jingle Bells« aus dem Lautsprecher. Die Mädels trugen leuchtende Rentiergeweihe aus Plüsch. Isolde wurde auch gleich mit Glitzersternchen dekoriert. Die würden ihr noch bis Ostern in den Poren kleben. Egal. Sie ließ sich fallen und war bereit, den Abend zu genießen.

»Los, ein Weihnachtsgedicht!«, rief Angelika. Lotte hielt ihr den Jutesack hin. »Tu dein Wichtelgeschenk rein!« Sie kramte das Päckchen aus ihrer Handtasche und warf es in den Sack. Jemand drückte ihr einen Glühwein in die Hand. »Du musst ja nicht mehr fahren, oder?« Weihnachtsfeier wie jedes Jahr – Check!

Und dann fragte Jeanette unvermittelt: »Wo bleibt denn die Bitch?«, und alle schwiegen. Hausmeister Pannek mit der Nikolausmütze erhob seinen Glühwein und sagte lallend: »Kann bleiben, wo sie ist.« Darauf stießen alle an.

Ich habe keinen Fehler gemacht, dachte Isolde. Ich habe wirklich keinen Fehler gemacht.

Später dann, beim Wichteln, sagte Angelika, die das zerknitterte Papier von ihrem Wichtelgeschenk entfernte, freudig strahlend: »Handschuhe! Wie hübsch! Petrol! Genau meine Farbe!«

Petrol?, dachte Isolde. Die sollten doch coral sein.

In diesem Moment stutzte auch Angelika und merkte, dass ihre neuen Damenhandschuhe gar nicht leer waren, und dann schrie sie das ganze Lokal zusammen.

Sei still, du Nacht!

Ganz still und ganz friedlich, ganz ruhig und rein,
so sollte die Nacht aller Nächte sein.
Doch innere Freude liegt in weiter Ferne
in Familie Schmitz' alter Mietskaserne.

Der Vater, die Mutter, die geben ihr Bestes
für die Stimmung des heutigen Weihnachtsfestes.
Und Lilli und Lotta schau'n gespannt in den Himmel.
Das Peterle horcht nach des Christkinds Gebimmel.

Doch im Haus herrscht nur Lärm,
und es rumst und es knallt,
das Donnern der Türen durchs Treppenhaus schallt.
Herr Schmoll schlägt den Hund,
seine Frau schreit laut rum,
der Holger flext vor'm Haus am Auto herum.

Herr Schildknecht spielt Fußball im Esszimmer links,
Frau Klemm hört eins drüber
schon stundenlang Brings.
Rechts oben hat Ulf grad den Grill angeschmissen
und fängt an, die BVB-Flagge zu hissen.

Die Fronzeks beschallen das Ganze von oben
mit Zombiefilmen, und zwar mit den groben.
Trotz leuchtender Augen im Kerzenschein
stellt sich bei den Schmitz' keine Festlichkeit ein.

Und als irgendwann die Bescherung dann naht,
schaut man nach, was das Christkind
vorbeigebracht hat.
Ein Schlips für den Papa, die Lilli kriegt Bücher,
die Lotti ein Teddy, Mama seidene Tücher.

Noch mehr Geschenke liegen unter dem Baum,
doch Freude und Frieden versprechen sie kaum.
Da packt Schmitzens Peterle aus sein Paket
Und haucht voller Freude und Ehrfurcht leis: »Seht!«

»Die Geige! Den Wunsch hab schon lang ich gehegt!«
Und schon hat er sie auf die Schulter gelegt.
Es tönt schrill ein Ton, als der Bogen ganz sacht
auf die Saiten trifft. Fast klingt es wie »Stille Nacht.«

Man trinkt Punsch
und knabbert die Printen ganz leise.
Recht froh lauschen Schmitzens nun Peterles Weise.
Hoch kreischend streicht die Melodie durch das Haus,
schief quietschend lässt sie dabei niemanden aus.

Da stört auch kein Klopfen und Rufen von oben.
Der Klang dieser Fiedel ist wirklich zu loben.
Das Telefon klingelt, es schellt an der Tür,
man fordert: »Hört auf!«, und: »Ist bald Ruhe hier?«

Der Ton dringt durch Scheiben,
durch Holz und durch Stein.
Er fährt allen Nachbarn scharf durch das Gebein.
Wie greulicher Zahnschmerz zerspleißt er die Nerven,
die Bäume beginnen mit Nadeln zu werfen.

Der Hund beißt voll Blutdurst Frau Schmoll mausetot.
Herr Schmoll killt erst ihn
und dann sich selbst mit Schrot.
Der Holger zertrennt mit der Flex seinen Arm,
das Gift, das Frau Klemm trinkt, zerfrisst ihren Darm.

Herr Schildknecht hängt sich
auf dem Speicher ans Seil.
Die Fronzeks beginnen sich gegenseitig Beil
und Messer ganz tief in den Brustkorb zu rammen.
Am Grill stehen Flagge und Ulf jetzt in Flammen.

Doch Peterle spielt, und die Schmitzens sind stolz.
Im Lichtschein glänzt edel das tönende Holz.
Er fiedelt und geigt, ja er kratzt und er streicht,
und irgendwann hat er sie alle erreicht.

Als später das liebliche Lied ist verklungen,
ist Ulf vom Balkon in die Tiefe gesprungen.
Man klatscht leise Beifall, lobt Peterle sehr
und macht über weit're Geschenke sich her.

Und später im Bettchen, da schläft man still ein.
Der Mond, der schaut lächelnd zum Fenster herein.
Ganz still und ganz friedlich, ganz ruhig und rein,
so sollte die Nacht aller Nächte sein.